Relatos invisibles

Antología de cuentos contemporáneos

SERIE ROJA

ALFAGUARA

East Baton Rouge Parish Library
Baton Rouge, Louisiana

© Daína Chaviano, Pablo De Santis, Carlos María Domínguez, Luis López Aliaga, Julio Paredes, Edmundo Paz Roldán, Carmen Posadas, Manuel Rivas, Mauricio-José Schwarz Huerta y Patricia Suárez.

De esta edición:

2006, Aguilar, Altea, Taurus, Alfaguara S.A.
Av. Leandro N. Alem 720 (C1001AAP) Ciudad Autónoma de Buenos Aires

ISBN: 987-04-0301-8

Hecho el depósito que marca la ley 11.723
Impreso en la Argentina. Printed in Argentina
Primera edición: febrero de 2006

Prólogo: Mempo Giardinelli
Estudio: Ariel Bermani
Selección de textos: María Cristina Pruzzo
Realización gráfica: Alejandra Mosconi

Una editorial del Grupo **Santillana** que edita en:
España • Argentina • Bolivia • Brasil • Colombia • Costa Rica • Chile • Ecuador • El Salvador • EE.UU. • Guatemala • Honduras • México • Panamá • Paraguay • Perú • Portugal • Puerto Rico • República Dominicana • Uruguay • Venezuela

---

Relatos invisibles : antología de cuentos contemporáneos - 1a ed. -
  Buenos Aires : Aguilar, Altea, Taurus, Alfaguara, 2005.
  136 p. ; 19x12 cm. (Roja)

  ISBN 987-04-0301-8

  1. Narrativa Juvenil en Español.
  CDD 863.928 3

Todos los derechos reservados.
Esta publicación no puede ser reproducida, ni en todo ni en parte, ni registrada en, o transmitida por, un sistema de recuperación de información, en ninguna forma ni por ningún medio, sea mecánico, fotoquímico, electrónico, magnético, electroóptico, por fotocopia, o cualquier otro, sin el permiso previo por escrito de la editorial.

Chaviano, Daína
De Santis, Pablo
Domínguez, Carlos María
López Aliaga, Luis
Paredes, Julio
Paz Soldán, Edmundo
Posadas, Carmen
Rivas, Manuel
Schwarz, Mauricio-José
Suárez, Patricia

Prólogo: **Mempo Giardinelli**
Estudio: **Ariel Bermani**

SERIE ROJA

ALFAGUARA

[Prólogo]

Por Mempo Giardinelli

Ya se sabe que toda antología –además de arbitraria– quiere ser algo más que una mera recopilación de textos. Esto, desde luego, no siempre se consigue. Pero, como en las escaleras circulares de Escher, cada intento lo busca aun sabiendo que no superará la limitación original.

Quizás por eso, desde que dirigía la revista *Puro Cuento* (1986-1992) vengo pensando que, de hecho, toda antología debiera abrirse con un aviso a los lectores para advertirles que van a introducirse en un mundo variado, en el mejor de los casos inquietante y sugestivo, y que todas aquellas que pretendan definir períodos lo más que conseguirán es ser muestrarios, siempre imperfectos, de tendencias y estilos de época. De ahí que en el universo de las infinitas antologías que se organizan en todas las lenguas, la peor pretensión es la de definir campos. Y es que el recorte, en literatura, es fatal.

Por eso en toda buena antología hay variedad de situaciones, presupuestos y modos de concebir a la literatura. Y de eso se trata en ésta, desde luego, pues como en toda colección de cuentos que intenta proponer una literatura para un siglo que apenas se inicia, aquella pretensión le haría correr el riesgo de parecer excesiva. ¿Quién puede saber lo que se leerá en las nueve décadas siguientes? Y además, ya lo sabemos, la buena literatura se hace con tiempo. Así se hizo la de Latinoamérica, y la mejor, incluso, fue la que se escribió sin vaticinios ni presagios. Simplemente sucedió que talentos de este país y de aquél la estaban escribiendo y resultó extraordinaria.

Como en todas, pues, hay en este libro un muestrario de virtudes y destrezas de las que son capaces algunos autores y autoras de Hispanoamérica. Y creo un acierto la inclusión de España en esta muestra, no sólo porque de ahí nos viene la lengua que hablamos sino porque se ha escogido un cuento precioso: el del gallego Manuel Rivas, una historia impresionante en la que todo el dramatismo de la Guerra Civil se narra desde el punto de vista de un niño enfrentado a la defección de su padre.

En cuanto a los nacidos de este lado del mar, hay algunos textos que me parecen particularmente recomendables. Uno es "Dochera", del boliviano Edmundo Paz Soldán, cuento fantástico que aborda con originalidad la cuestión del lenguaje y la creación. También me resultan encantadores el cuento del argentino-uruguayo Domínguez, cuyo Tarzán decadente es un hallazgo; la simpática pero brutal historia del chico tartamudo escrita por el chileno López Aliaga; y el asombroso cuento del colombiano Julio Paredes, que alcanza estupendos niveles de sugerencia alrededor de la misteriosa desaparición de una mujer en un circo.

Párrafo aparte merece, creo yo, el severo cuento de Patricia Suárez, que aborda con sutileza y astucia narrativa la más grande tragedia de nuestro continente y nuestro tiempo: la cuestión de los desaparecidos y su costado más perverso, el de los niños apropiados por los represores.

Desde luego que faltarían aquí muchos otros cuentos, de los miles que se han escrito en las últimas décadas en nuestra lengua. Y en los que la anticipación, el horror y lo sobrenatural, la realidad y los mundos oníricos, los recuerdos de infancia y la recuperación de costumbres tanto urbanas como de ámbitos rurales, en fin, componen nuestra intrincada e inagotable narrativa contemporánea. Y es que si algo aporta nuestra producción a la literatura universal es, precisamente, la rica variedad de propuestas audaces y la revisitación de estilos ya conocidos y prosas trajinadas. Y también –como sucede en este libro– la escritura de mundos que tienen la paradojal peculiaridad de estar siempre en retroceso y decadencia pero siempre son profundamente esperanzadores y también, y aunque no lo quieran, capaces de intención moral.

En esta reunión de autores y autoras están las marcas visibles del tiempo que vivimos. Las formas nuevas de la tecnología, la nostalgia, la imaginación pura, algunos datos de la realidad. Queda dicho que esto no alcanza para dar un acabado muestrario de escritura –la que se produce en nuestra América–, pero sí nos sirve para comprender, una vez más, que la escritura de ningún país o región del mundo tiene ni la capacidad ni la misión de definir un estilo de escritura. Dicho sin vueltas: el regionalismo literario a mí no me parece representativo y, en todo caso, se puede comprobar fácilmente que suele producir caídas abruptas en folklorismos vacuos o pintoresquismos de poco rigor.

La literatura de calidad es una sola y es siempre universal, o no es. Aquella trillada idea que suele atribuirse a Tolstoi, Chejov o cualquier otro gran autor ruso que cualquiera tiene a mano ("Pinta tu aldea y serás universal") siempre me pareció un dogmita de entrecasa, una especie de orientación piadosa para principiantes de talleres. De hecho, sobran los escribidores del mundo que pintan sus aldeas y sin embargo sus textos no son universales sino, más bien, prescindibles.

Pienso que cada texto debe ser leído nada más que como la expresión estética de los escritores que nacieron y/o vivieron en las dos orillas de la América Hispana, como un testimonio de época, como un episodio memorable, como la manera de celebrar la escritura. Y sobre todo, como la versión del mundo que cada uno, en su momento, quiso, pudo o supo dar en sus textos.

Resistencia, septiembre de 2005

Elogio de la locura

Daína Chaviano

> ...*No tienen temor a los fantasmas ni a los duendes...*
> Erasmo de Rotterdam

> ...*for who can escape what he desires?*
> "The Lady Lies", grupo Génesis

Erasmo se arrebujó en su abrigo. Las luces de neón brillaban sobre el asfalto espejeante de las calles. Después de tantos años, ella lo había abandonado. Lo siento mucho. *Aún te quiero, pero necesito rehacer mi vida.* O algo así le escribió.

Halló la casa desierta. Sólo quedaban los muebles y sus propias pertenencias. Por lo demás, estaba vacía. De ella, de su olor, de su música. Ya no lo atormentaría más aquel desorden de libros y cigarrillos por doquier. Ya no encontraría manchas de *rouge* en su almohada al despertarse.

Erasmo no ignoraba que ella lo había dejado por otro; pero no sabía qué hacer. Tal vez rogarle, aunque sin llegar a la humillación; amenazarla, sin recurrir a la violencia; o quitársela de algún modo a quien se la había robado... Trató de imaginar a su rival: probablemente mirada oscura; torso inmenso como el de una bestia; y brazos hinchados de nervios y músculos, preparados para someter a su víctima.

Sacudió la cabeza para borrar las visiones. Miró en torno, como si quisiera aprehender el mundo gélido y alucinante que lo rodeaba; un universo de letras parpadeantes, bajo las cuales se movían sombras similares a espectros... Ni un alma a quien pedir ayuda: ése no podía ser su mundo.

Sintió frío.

El bosque era cada vez más húmedo, porque el invierno se acercaba. Una capa de lodo suave y esponjoso cubría el suelo. Eso le permitió distinguir las huellas. Se removió inquieto sobre su corcel. La armadura se le clavaba en los codos, en el empeine del vientre, en los muslos; y estaba helada a causa del temprano granizo. Allá lejos, un rugido atronante estremeció el valle. Su caballo bufó de miedo, pero el brazo firme del hombre lo obligó a continuar.

El sonido del agua y del hielo que caían sobre el casco se reproducía en ecos dentro de su vestimenta metálica. Ahora se mantenía sereno, y recordaba aquellas primeras ocasiones en que el ruido estuvo a punto de hacerlo enloquecer... *Enloquecer*. Repitió mentalmente la palabra mientras vigilaba su cabalgadura que, a cada instante, resbalaba sobre los guijarros mojados. Sí, la locura sería un dulce camino para el olvido: no más tristezas, no más dolores. Apenas otro estado mental: *un agradable extravío que libera al espíritu de sus preocupaciones y pesares, y lo sumerge en un baño de delicias...*

Tiró de las riendas, intentando recordar el origen de semejante frase. Tal vez en algún pergamino antiguo... Aflojó las correas, y el caballo continuó su viaje.

Todavía faltaban algunas horas para que anocheciera.

Erasmo apresuró el paso y entró en una cafetería que sólo cobijaba a una pareja de enamorados. Pidió café, y contempló su rostro en el enorme espejo. Quizás estaba perdiendo la razón. Sus facciones se le antojaron extrañamente remotas: eran los rasgos de un desconocido. Por otra parte, ¿qué hacía él vagando de madrugada por aquellos barrios inciertos? Se asustó un poco cuando comprobó que no guardaba memoria de su llegada hasta allí.

"Bueno", pensó, "todavía estoy a salvo. *Se puede ser todo lo loco que se quiera con tal de tener la virtud de reconocerlo*".

Y enseguida se asustó más, porque de algún modo supo que la frase le pertenecía, y al mismo tiempo, no era suya.

Tomó su café y clavó los ojos en la mirada neblinosa que lo observaba desde el cristal. Era él; y no era. Sospechó que esto último era mucho más cierto que su propio rostro reflejado en el azogue. Tuvo una insólita sensación de infinitud, como si su mente se dividiera en mil seres diferentes, como si todos esos fragmentos constituyeran el recuerdo de vidas pasadas. Vio cavernas oscuras, donde se percibía la constante amenaza de las fieras; callejuelas medievales, repletas de monjes y mendigos... Y cada una de estas imágenes parecía nutrirse de su propia confusión, pugnando por desplazar a las otras para convertirse ella misma en la única realidad posible.

"No", se dijo. "No me estoy volviendo loco. Es sólo que *el espíritu humano está organizado de tal manera que le es más grata la ficción que la verdad. Por eso...*".

Se detuvo. La frase anterior tampoco era suya, ¿o sí? Pudo haberla leído en alguna parte, ¿o no?

Apuró los restos del café ya frío. Se puso de pie y contempló de nuevo la figura que repetía cada gesto suyo, al otro lado del cristal.

La imagen del espejo se diluyó.

Los gritos lo sacaron de su ensimismamiento. Apagó el fuego, y salió de la cueva. No era la primera vez que tomaba un atajo. Tras muchos años de vagar por los bosques, su instinto se había desarrollado como el de las aves migratorias y era capaz de guiarlo sin dificultad a través de parajes ignotos. Ahora enfrentaría al raptor en su guarida, pero no sería fácil.

Nada fácil. Aunque la idea de vivir sin ella se le antojaba casi imposible, no le quedaría otro remedio que continuar su existencia. En aquella época racional y equilibrada, libre de la barbarie del pasado, la vida transcurría con mayor sosiego.

La locura consiste en dejarse llevar por el torbellino de las pasiones, reflexionó. Y él, por supuesto, no se dejaría arrastrar por ellas.

De cualquier manera, tendría que sobreponerse. Ya habían pasado los tiempos en que la gente moría de amor.

Sin embargo, mientras apartaba las ramas que goteaban heladamente, no pudo menos que rememorar su primer encuentro en el pasillo del colegio donde ambos estudiaron. Fue su primer y único amor: un sentimiento algo extraño para su época; pero Erasmo nunca se había sentido muy a gusto en ella.

Sus pasos resonaron sobre el asfalto.

Cuanto más profundo es el amor, más intenso y vehemente es el delirio que produce, se dijo. Y volvió a estremecerse de angustia, porque tales pensamientos continuaban surgiendo sin que su voluntad interviniera para nada. En algún rincón de su memoria, se sacudía el polvo acumulado durante siglos. ¿Cuándo había dicho algo semejante? ¿Quizás en otra vida?

Se detuvo a la entrada de un cine y encendió un cigarrillo. El bufido de la bestia lo hizo soltar el fósforo, que se apagó antes de tocar la hierba.

Apenas sacó la espada, los matorrales se agitaron para dar paso a una mole escamosa que incineraba los alrededores con su aliento de fuego. Lleno de terror, vio el cuerpo que el monstruo llevaba entre sus garras: la cabellera abundante, los brazos torneados, la finura del cuello... La fiera abandonó su presa al pie de una encina, echó humo por las fosas nasales y abrió las alas en actitud amenazante. Sus pupilas parecían carbones enrojecidos.

Erasmo tosió convulsamente mientras aquel aliento quemante pugnaba por abrasarle los pulmones. Sin dudarlo arremetió espada en mano, cubriéndose a medias con el escudo, cuyos atributos de plata pronto desaparecieron incendiados por las lengüetas de fuego. El dragón sacudía sus alas, y los árboles se agitaban como barridos por una tempestad. A pesar de su fiereza, la bestia no poseía tanta habilidad como su adversario, quien aprovechó un breve gesto suyo para deslizarse bajo su vientre y cortarle un ala. El animal se volvió para embestirlo.

Erasmo tensó los músculos. Sus escarpes de metal

tropezaron con un juguete plástico que algún niño dejara abandonado en el parque. Levantó el objeto para examinarlo: era un vagón de tren con una pequeña chimenea azul. Dirigió la vista hacia los columpios vacíos, como si esperara encontrar allí a su dueño, meciéndose a esa hora de la madrugada en medio de tanta soledad. Luego, mientras lo pateaba a través del césped, recordó escenas casi olvidadas: sus primeras salidas, los besos, la primera noche de amor... No podía comprender lo sucedido.

El juguete rebotó sobre un ala chamuscada que descansaba junto a un latón de basura, antes de escurrirse por una alcantarilla. Entonces tomó una decisión. Con la espada desnuda, arremetió contra la fiera en un intento por llegar junto a su dama. Esquivó una mordida de las fauces que destilaban azufre y echó a correr en dirección a la avenida. Una moto le salpicó la camisa con la sangre verde de la alimaña. El granizo volvió a mojar su abrigo, pero él no se detuvo. El monstruo aleteó sobre su cabeza y le cortó el paso. Erasmo se estremeció ante la crueldad hipnótica de aquella mirada que se aproximaba rápidamente. Alzó el escudo para cubrirse y una luz lo enceguecía. Sintió el ruido de la armadura al chocar contra la defensa del automóvil, y su espada cayó sobre el asfalto. Aprovechando esa ventaja, el dragón le clavó sus garras...

Se dobló como una hoja seca devorada por las llamas. La lluvia arreció, pero nadie vino a socorrerlo. El dolor era tan agudo que comenzó a anestesiar sus sentidos. No percibía otra cosa que no fuera aquel tormento hirviente en sus entrañas. Lo invadió una sensación de somnolencia, pero se negó a dejarse vencer.

De cualquier manera, tendría que sobreponerse. Ya habían pasado los tiempos en que la gente moría de amor.

La zona de influencia

Pablo De Santis

Tardé cuatro horas en llegar a la casa del doctor Sáenz. Después de salir de la autopista tomé un camino lateral en la dirección equivocada y anduve varias horas perdido. Había trabajado con él dos años atrás, cuando aparecieron los primeros casos de la enfermedad. Ahora el mismo doctor Sáenz, que había recorrido el país para conocer los casos y trazar la más completa descripción del mal, estaba enfermo. En esa época todavía no se sabía cómo se producía el contagio.

La casa mostraba esos ligeros signos de deterioro, que aislados son insignificantes, pero reunidos conducen a la ruina. A pesar de haberlo tratado casi diariamente, no sabía nada de su vida. Sáenz era uno de esos científicos que dejan en claro, apenas uno los conoce, que su verdadera identidad está puesta en el trabajo, y que todo lo demás es sólo una apariencia que es mejor ignorar.

Había olvidado cargar combustible y el tanque estaba casi vacío cuando me detuve frente a la casa. En una de las ventanas del segundo piso se asomó una muchacha. Aun antes de haberla mirado detenidamente, supe que era hermosa; tenía esa clase de aura que se impone incluso a la lejanía y a la distracción. Llevaba un anticuado vestido azul.

No me abrió la puerta la muchacha, como hubiera deseado, sino la esposa del médico. Recordé haberla visto en un congreso, pero ella no se acordaba de mí. Como algunos periodistas se habían acercado a la casa, mostró reservas para hacerme pasar y sólo aceptó cuando le hablé del trabajo que habíamos hecho en común con su marido.

Me hizo sentar en un sillón y me sirvió un café en un pocillo que tenía una rajadura. Pensé que quería examinarme antes de permitirme ver al enfermo, pero en realidad sólo tenía necesidad de hablar. Conversamos de conocidos comunes y de las ventajas de vivir en la zona, todavía libre de edificaciones. Cuanto más tratábamos de ignorar la enfermedad, más invadía la conversación, y aun los comentarios triviales parecían metáforas del mal. Le pregunté cómo estaba su marido, si había mejorías.

—Ninguna. Con cada cosa que aparece, él se debilita más y más.

—¿Son objetos reconocibles?

—Casi siempre sí. Algunos parecen a medio terminar.

—¿Inanimados?

La mujer vaciló. Quería responder otra cosa, pero dijo:

—Sí, siempre. ¿Otro café?

Fuimos a un cuarto apartado de la casa. La mujer golpeó antes de entrar y dijo mi nombre. Se oyó una voz débil. Aun así la voz sonó investida del poder.

Sáenz estaba consumido. Los brazos, con las venas marcadas, mostraban señales de pinchazos inútiles. Tenía los ojos clavados en el cielorraso. Al principio no distinguí nada: parecía hiedra o telaraña. Después vi los objetos envueltos en los hilos repulsivos: una tijera, una fotografía de gente sin rostro, una rosa que crecía hacia abajo. Había muchas otras cosas sin terminar. En general los objetos eran más chicos que los originales. También invadían la alfombra. Caminé con cuidado para no pisarlos.

—¿Es una visita social o profesional?

—Hace tiempo que no sé cuál es la diferencia. ¿Le hicieron un pronóstico?

—Puedo sobrevivir tres meses. La nueva droga que estábamos probando fracasó. Reduce la formación de objetos, pero no mejora al paciente. Provoca extrañas malformaciones. Las cosas se materializan gastadas, rotas.

Miré a mi alrededor. Había cosas en el piso, junto a la cama, pero no mucho más allá. Cubrían un radio de tres metros. Hasta poco tiempo atrás no se conocían casos de un área mayor a los dos metros cuadrados. El mal agrandaba su zona de influencia.

—¿Reconoce los objetos? —pregunté.

—Algunos. Otros no. La enfermedad saca sus modelos de rincones remotos, de cosas que vimos al pasar. Estoy cansado, doctor.

—¿Y la voluntad?

—No funciona. Intenté, pero no pude modelar nada. Si me dejan elegir, materializo la hoja de una guillotina y con un último esfuerzo, la hago caer.

Le costaba reír.

—Algo me consuela: me toca morir en una época en

la que somos una curiosidad, una aberración, pero no un peligro. Pero pronto la zona de influencia crecerá. Modificaremos áreas más vastas. La enfermedad sólo tiene dominio sobre lo inanimado, pero no está lejos el día en que actúe sobre los otros. Usted mismo, ahí sentado, tratando de disimular la piedad, podría sufrir una transformación. Entonces tendrán que deshacerse de los contagiados. Al primer síntoma, una ejecución.

Recogí del piso un pequeño libro infantil. Los libros eran poco comunes. Había algunas palabras escritas y unas pocas ilustraciones de mediados del siglo XX.

—¿Lo lleva para fotografiar? Tiene que hacerlo rápido. Apenas un objeto sale de la zona de influencia se empieza a deshacer. Mientras esté en la casa, las cosas mantienen su forma, después se convierten en ceniza.

Me llevé el libro de la habitación. Iba a hacer la prueba de sacarlo de la casa pero lo dejé. Me sentía un intruso. En el fondo del pasillo vi a la chica del vestido azul. Pensé que me abriría la puerta, pero se fue. Era una actitud común en los parientes: cansados de la brusca aparición de los objetos, se dedicaban a desaparecer de improviso.

Durante los meses siguientes visité a Sáenz cada quince días. Él quería que yo hiciera un seguimiento exhaustivo de la enfermedad. El hecho de saber que en la casa estaba la muchacha, y no sólo el horrible proceso de destrucción, aligeraba mis visitas. A veces la veía en la ventana; otras en el fondo de la sala, frente a una taza de té que se enfriaba, siempre con su vestido azul.

Alguna vez le hablé a Sáenz de su hija, pero no le dio importancia: la enfermedad era su único tema.

En junio Sáenz entró en agonía y su esposa me llamó al hospital para pedirme que fuera rápido. Una congestión en la autopista me demoró más de lo acostumbrado. Me pareció que todos esos autos eran convocados por mis deseos secretos de llegar tarde y así evitar enfrentarme al moribundo. Pensé en la chica del vestido azul, para hacer más fácil ese viaje.

Cuando llegué, el médico ya había muerto. Su esposa dudaba un poco del carácter definitivo de la muerte, no por dolor ni por sorpresa, sino porque la enfermedad la había acostumbrado a tal punto a la extrañeza, que la resurrección le hubiera parecido un milagro trivial. Me hizo pasar al cuarto del fondo. No quedaba ningún objeto, se habían convertido en cenizas que ahora se extendían sobre la cama y el cuerpo. Con la muerte del dios, las cosas creadas se apagaban. Sólo la mano derecha había quedado fuera de la capa gris, crispada en un gesto que parecía una orden.

Abrí las ventanas. La casa ya estaba libre de la enfermedad, y de la barrera que había impuesto entre nosotros: ahora podía buscar a la chica del vestido azul. Pensaba consolarla: consolarla de su dolor y de su alivio. Le pregunté a la viuda por su hija, y respondió que nunca habían tenido hijos. Recorrí en vano cuartos y pasillos, hasta encontrar, en un rincón del comedor, la taza rota, el té derramado y la ceniza.

En Los signos, Buenos Aires, Página/12,
colección Literatura fantástica y ciencia ficción, 2004

La confesión de Johnny

Carlos María Domínguez

*A Ramón Báez, que nadó con Tarzán
y me contó esta historia.*

Es fácil, ahora, reírse de Tarzán. Recordar al hombre que con una mona a la espalda y tomado de las ramas, le cepillaba los dientes a los cocodrilos. Lo conocimos en los libros, en las revistas, en el cine, junto a la sorprendida Jane y al elefante Tantor. Y cómo no admirarlo cuando, desde lo alto de las matinés de cualquier sala de barrio, se arrojaba con los brazos abiertos, el pecho de león, y después acercaba las manos, giraba el torso y se clavaba en el río como una aguja en un vestido de seda. Ninguno dejó de imitar el llamado del hombre perdido en la selva, un grito que convertía en triunfo su soledad. Pero yo no puedo reírme de Tarzán y apenas soporto lo que dicen los diarios.

Él sabía que ese grito estaba más allá de lo que había sido imaginado sobre la tierra, para bien o para mal. Sé que lo intentó y casi lo puedo oír debajo de las risas de los muchachos de la barra, que festejan el absurdo y me piden que lo imite, como en los viejos tiempos. Porque yo nadé con Tarzán y ninguno de estos tipos, que son buenos hombres de trabajo y no le harían mal a nadie, volverán a escuchar ese grito de mi boca.

Tenía diecinueve años y trabajaba en la estiba del puerto de Montevideo cuando me enteré de que había llegado a entrenar nadadores en Rosario de Santa Fe, invitado por el general Perón. Me lo dijo un compadre de Carmelo, con el que cargábamos bolsas en los barcos como años atrás los camalotes de la orilla del río. Julio era veinte años más grande que yo en aquel tiempo, cuando el que no se animaba a cruzar al Delta era un mariquita. Los había visto irse con la corriente del Uruguay hacia la franja verde y extendida de la orilla argentina, montados arriba de los camalotes. Y los había visto regresar con la corriente de la tarde, en medio de alborotos y bromas. Pasaban el día en la isla de Doña Julia, comían frutos de los árboles y llegaban llenos de historias que el sol les tatuaba en las espaldas.

Se burlaban, claro, de mi temor, y me lo tenía merecido. Porque hasta el día en que cumplí los cinco años nunca había querido acompañarlos. Desde entonces no conocí mayor felicidad que dejarme llevar por el agua corriente abajo, el cuerpo semihundido, atento al horizonte verde que se acercaba sin esfuerzo, como si lo fuera tirando de un piolín.

Me hice nadador primero por orgullo y después por fidelidad a aquella barra de muchachos que Julio lideraba desde una ventaja que se redujo, luego de mi primer cruce, a los únicos dos años que se harían irreductibles. Años después competí en las doce millas del Palmar, y en las veinte de Carmelo, y en las treinta del Uruguay, convencido de ser el mejor fondista de la zona gracias a las medallas que gané y luego extravié no sé dónde. Pero me acuerdo del aliento de la gente, derramada por la orilla del río con sus fogones, reposeras y viandas, mientras yo pasaba sumergido, meta brazo y pierna y brazo, con la gorra calada y las gafas empañadas, la cabeza adentro y la cabeza afuera, como si le tomara fotografías con cada brazada. Había aprendido a escuchar los músculos dentro del agua, a buscar las corrientes más fuertes, a detener los calambres con un alfiler de gancho que nunca olvidaba. Cuando sentía el cimbronazo del ácido láctico en la pantorrilla me clavaba el alfiler con fuerza y durante los segundos que demoraba el ácido en mezclarse con el agua pensaba en Julio, o en la madre de Julio, porque la puteada era fenomenal, y agradecido por el secreto y el alivio, seguía río abajo con la destreza de un pez.

Entonces yo veía todas las películas de Tarzán y le estudiaba el estilo, la elegancia con la que se desplazaba por los ríos del África para enfrentar al enemigo o huir de muchas bestias salvajes, entre las que no faltaba el hombre. No las elegía por el argumento sino por la cantidad de veces que nadaba o se clavaba desde un acantilado, y más de una vez me hallé en medio de la sala iluminada, intentando retener sobre la pantalla en blanco los movimientos de Tarzán en el agua, mientras el viejo Lucanor barría los papeles de las golosinas regados por el cine.

En aquel tiempo yo era joven, mi padre era un vago recuerdo en los ojos vencidos de mi madre, y aprendía que un hombre no puede realizar todo lo que desea. La necesidad de trabajar era mi lección número uno. Pero cuando Julio, debajo de una bolsa de trigo, me dijo que Tarzán estaba en Rosario, se me cortó la respiración y el guinche de una grúa casi me atropella la cabeza.

Hacer un bollito con el dinero, juntar una ropa y tomarme el ómnibus a Rosario fue una sola y nocturna decisión. Había que pagar para entrar en un curso de muchos aspirantes, en su mayoría nadadores argentinos y socios de un club pituco, con piletas y vestuarios que yo no había visto nunca. Pero hacían prácticas en el río Paraná y decidí esperar mi oportunidad.

Una mañana lo vi aparecer rodeado de jóvenes, con un short de baño de color negro y una toalla roja sobre los hombros. En las películas, se sabe, todo se ve más grande, pero de cerca Tarzán era impresionante. De estatura mediana, tirando a alto, sus espaldas medían el ancho de una puerta y sus brazos y piernas parecían remos de un barco que nunca había encallado. Me asombró verle las bolsas de los ojos hinchadas y varias canas mezcladas en el cabello, pero conservaba ese rulo negro y rebelde que, volcado sobre la frente, anuncia la raza de los héroes.

Apenas me miró por encima de las cabezas que lo rodeaban, me arrojé al agua y comencé a nadar. Fui hasta la mitad del río, volví, me tiré de nuevo y regresé mientras él daba instrucciones, ayudado por un asistente que traducía las órdenes. Cuando por quinta vez llegué a la orilla me lo topé de frente, metido con las piernas en el agua. Me miraba de un modo extraño que no lograba descifrar y me decía algo en inglés. Lo que fuera que me dijera no lo podía entender porque de inglés yo sólo sabía decir *good morning*, pero me acerqué y él me puso una mano en el hombro antes de repetir aquello con sus labios grandes y duros. Debí quedar paralizado porque me zamarreó un poco y me señaló a los demás alumnos del grupo. Asentí y encogí los hombros porque a Tarzán no le iba a decir otra cosa que sí, y él dio media vuelta para regresar con su asistente, un petiso de vientre hinchado que se desconcertó al principio y después, de mala manera, me dijo que a Johnny le había gustado mi estilo y me invitaba a participar del entrenamiento, como su invitado especial. Me temblaron las piernas y con un gesto que le vería repetir en los días siguientes, revolvió mis cabellos en todas direcciones, igual que un viento la cabellera de la jungla.

Así pasé a formar parte del equipo, entre argentinos de modales y gustos que yo desconocía, alojado en las instalaciones del club durante los diez días que duró su visita.

A la mañana siguiente, durante los ejercicios, explicó que el secreto de la largada estaba en mantenerse bajo el agua el mayor tiempo posible porque el cuerpo va más rápido sumergido que sobre la superficie, y puso a todo el mundo a trabajar en el río, a ensayar el envión de salida desde un pequeño muelle. Después me hizo una seña con la cabeza, desafiándome a nadar afuera, y nos fuimos río abajo por el centro del Paraná con un pamperito suave que daba de costado, algo retrasado yo, mientras intentaba dominar el ritmo de las brazadas y negar al cuerpo la emoción de nadar con Tarzán por un río marrón que mezclaba sus aguas en otros ríos y luego con el mar, donde yo iba a seguir nadando junto al rey de la jungla lejana y muda, de ese modo colmado en que llegan los silencios debajo del agua: el sonido del corazón, los pulmones, la respiración de todo lo que fue creado desde el origen de la naturaleza rota por el paso de dos cuerpos en la superficie ondulada y blanda, con un rumbo fijo e insondable.

De pronto lo vi a la par, elegante como un delfín, desplazando una ola que abría un surco triangular y volvía a desaparecer. Comenzó a hacerme señas con la mano y a fuerza de insistir adiviné que me señalaba la orilla derecha, donde varias personas nos seguían con la mirada y otras corrían por la ribera.

Al principio no entendí, o no quise entenderlo. Lo miré a los ojos y comprendí que me pedía que no lo pasara delante de la gente, que disminuyera el ritmo y me mantuviera un poco retrasado. En ese instante tuve ganas de seguir, de imaginar el momento en que contaría, orgulloso, que había derrotado a Tarzán. Pero había algo más en sus ojos, la resignación de un sueño enfrentado a una derrota más honda, y con más temor que piedad, lo dejé ir.

Cuando llegamos a la playa me abrazó contra su pecho, me revolvió los cabellos y se quedó pensativo unos instantes. Supe que se le iban los ojos a otro tiempo, como si recordara algo y se descubriera en otro mundo que para él, estoy seguro, nombraba algo precioso de su juventud. Me di cuenta porque su mirada se volvió dulce, como la de un chiquilín.

No fue fácil para mí aceptar que Tarzán era alemán y se llamaba con el impronunciable nombre de Johnny Weissmuller. Atento a lo que hablaban los demás, se me armó una tormenta en la cabeza. Supe que Johnny había sido poliomielítico, y que los tratamientos lo condujeron al agua, donde la caja torácica, los brazos y los bíceps cobraron una proporción que triunfó sobre la debilidad de sus piernas, hasta que también ellas se sumaron al orgullo de sobrevivir al miedo. Esa dificultad lo había convertido en campeón olímpico en los cien metros y acababa de filmar su última película como *Jim de la selva*. Después de años de hacer una película tras otra, Hollywood lo había hecho a un lado y desde entonces hacía giras como entrenador para sobrevivir y pagarse el trago. Porque Tarzán le daba al whisky desde la mañana temprano y no hacía falta más que verlo por la noche tantear las paredes que lo llevaban a su casilla, algo apartada del resto de los pabellones donde nos alojábamos, con la mirada extraviada y las piernas mezcladas en una danza turca. Pero mi mayor sorpresa fue saber que le tenía alergia a los monos y nada odiaba más en la vida que a la mona Chita. Un bicho sarnoso, dijo en plena rueda de conversación, traducido por el asistente de vientre hinchado. Sarnoso en el alma, agregó, responsable de metros y metros de celuloide tirados a la basura por sus caprichos insufribles, y de un sinfín de escenas riesgosas que le obligaba a repetir, en las que más de una vez estuvo por partirse el cráneo. También Jane repetía en la pantalla la mentira idílica de esa realidad bochornosa. Maureen O'Sullivan odiaba a la mona. Y la mona los odiaba a los dos tomándose toda clase de venganzas.

Desde los primeros días de entrenamiento, todos le pedían que repitiera el grito de Tarzán. Pero Johnny sonreía y callaba mientras negaba con la cabeza, acostumbrado a escuchar el insistente reclamo de un club a otro, a lo largo y ancho del mundo. Pedía a los alumnos que trataran de imitarlo y comenzaban los alaridos impotentes y las risas, en una cascada de fracasos que le hacían mucha gracia. Desde luego, yo lo había practicado no una vez sino cientos de veces y estaba orgulloso de mis resultados. Alentado por los demás, una noche colmé los pulmones de aire con la garganta apretada para dilatar y contraer el cuello, pero raspando el viento contra una sensación de angustia que entonces no identificaba y con los años aprendí a intuir, luego a temer, y por fin a respetar más allá de lo conocible. Algo nunca dicho más que por el rumor del agua contra el cuerpo del nadador sumergido, librado a la soledad de avanzar en medio de la marea y las olas, con un deseo irrenunciable.

Cuando terminé los demás repitieron las burlas, pero Johnny no sonrió. Clavó sus ojos en mí y dijo que el grito de Tarzán no era humano, era una mezcla de gritos de animales, muy acústicos, fundidos con una voz humana en un estudio de grabación. Se hizo un silencio raro y comprendí o me pareció adivinar que la confesión de Tarzán, dicha así, como un servicio a la comunidad de los hombres, nos sacaba un peso de encima pero lo dejaba expuesto contra los ojos, como si tratara de escapar a una humillación que no merecía.

Esa noche se fue a dormir temprano. Lo vimos cargar su botella de whisky de un modo lánguido que provocó las primeras burlas de los nadadores. Porque hasta entonces nadie se había atrevido a pronunciar lo que estaba en la cabeza de todos y necesitaba esa última confesión para derramarse: que Perón había traído a un borracho en plena decadencia alcohólica, cuando ya no valía nada, y no sólo era capaz de renegar de la ilusión que había creado en el público, abrazado a su mona Chita; ni siquiera era capaz de hacer el grito de Tarzán.

"Yo no digo que lo saque igual", dijo uno mientras nos acostábamos en el dormitorio. "Pero se forró de guita durante años, ¿me vas a decir que no podía aprender a imitarlo, viejo?, ¿que alguna vez no lo intentó, aunque fuera para ver cómo le salía?".

"Siempre pasa igual", contestó otro. "Vienen a la Argentina cuando están en la ruina y doblaron la curva. Antes ni existíamos, éramos los negritos del sur, y después vienen a comer al pie, igual que éste. Con tal de morfarse un churrasco se bajan hasta el apellido. ¿A vos te parece que un deportista puede dar ese ejemplo, abrazado a una botella?".

"¿Sabés qué pasa?", se metió un rubio de flequillo corto mientras se calzaba un pijama amarillo. "Tarzán no era El Rey de los Monos. Era el Rey de la Mona. De la mamúa".

Fue ahí, con la sangre en los ojos y la cabeza revuelta por un tifón de papelitos de caramelos y pantallas, que me levanté de un salto. Fui hasta el rubio y lo acosté de una trompada. Se me echaron encima cuatro o cinco. "¡Qué hacés, yoruba! ¡Todavía que te damos de comer venís a pegar! ¡Cabecita de mierda!".

Se armó una gresca de mil demonios y quedé sepultado bajo una montaña de piñas, brazos y piernas, ardido hasta las orejas. Todavía forcejeábamos cuando se abrió la puerta y entró Tarzán con el rulo revuelto sobre la frente y una expresión que nos paralizó a todos.

Tenía puesto el pantalón y el torso desnudo, la cara desacomodada por el whisky y la confusión, pero preparado para lanzarse sobre su presa. Aproveché la distracción para devolverle un trompazo al que me había mordido la oreja y apenas me di la vuelta sentí la mano de Johnny en el hombro, y después en el cuello, a punto de ahorcarme. Me sacudió con fuerza y me dijo que juntara mis cosas y me fuera, que no me había traído para que le causara problemas. Lo dijo en inglés, pero uno lo tradujo y me bastó mirarle la cara para saber que era cierto.

Me sequé la sangre de la oreja y la nariz con la sábana, me vestí y junté mis cosas, mientras Tarzán me vigilaba, al lado, y los demás se callaban la boca. Cuando salimos volvió a gritarme que me rajara, mientras regresaba de nuevo a la casilla, eructaba y cerraba la puerta.

Revolví el bolsito junto a la piscina, demorado en decidir lo que haría. Pero cómo iba a decirle nada si el gringo sólo hablaba inglés o alemán. Caminé hacia la puerta y después me volví, y dudé de nuevo. Yo no quería irme por nada del mundo, ahora que el mundo se perdía para mí y, quizá, también para él.

Me senté en la galería de su dormitorio, junto a la puerta, y me quedé hundido en la oscuridad, mientras oía la radio que Johnny tenía encendida. Pasé una hora así, en un limbo, entre tangos de Gardel, la Tita Merello, y después la puerta se abrió y Johnny se recostó sobre el marco con la botella en la mano, iluminado de atrás por la luz del velador. Una luz mortecina que le agrandaba la mandíbula y alcanzaba con un rayo amarillo su ojo derecho, un ojo hecho para mirar la noche, una noche hecha para los dos, si no fuera porque los argentinos lo habían arruinado todo.

No demoró en descubrirme en la oscuridad, pero volvió a mirar las estrellas y luego la piscina iluminada por unos focos blancos que daban al agua una transparencia glacial. Después se sentó o se dejó caer a mi lado, y comenzó a hablar y a tomar de la botella los últimos restos de whisky que le quedaban.

No sé lo que dijo, pero habló un largo rato con una duda que nacía del fondo del pecho abierto y tenso como un tambor, mientras yo le miraba los ojos, los movimientos de los labios y de su cara cuadrada, con la sensación de que repetía la pregunta inútil de un hombre perdido en su pasado con más nitidez que cualquier sonido y cualquier palabra. En cierto momento se llevó las manos a la boca y creí entender o acaso imaginé que hablaba del grito fantasma que le habían inventado y nunca pudo dar fuera de la ilusión de la pantalla, un grito vigoroso y débil, que había quedado en la memoria de la gente después de años de escucharlo, también él, como el resto, pero ya no podía desmentir sin una insoportable sensación de derrota.

Esa noche dormí en un sillón de su cuarto y a la mañana siguiente me condujo de nuevo al grupo, se preocupó de hacerles notar que era su protegido y nadie debía decir ni pío. Por eso ahora, cuando los diarios dicen que Johnny Weissmuller murió loco en un hospital de México, intentando dar el grito de Tarzán, no puedo entretener a los muchachos del café, como no pude esa vez, en el río, atreverme a pasarlo. Porque ambos sabíamos que ese grito no era humano, que nacía del fondo del pecho de una bestia imposible contra la que el hombre había aprendido a pararse sobre dos pies, y después a ser más fuerte que su músculo, y después a soñarse otro, y esa lucha nunca había terminado.

En *La casa de papel*, Buenos Aires, Alfaguara, 2004

El Pelito Ortague

Luis López Aliaga

...le pegaban todos sin que él les haga nada.

César Vallejo

—¡Mira! ¿No es acaso Pablo Ortague? —me preguntó el Cogollo aquella vez en el Panamericano, señalando con los labios la pantalla del televisor empotrado en una esquina, sobre una endeble plataforma de madera.

—El Pelito Ortague, querrás decir —respondí, levantando la botella de cerveza a la altura de la frente.

Lo cierto es que ahí en la pantalla, tan flaco y mal vestido como siempre, Pablo Ortague explicaba, a duras penas, cómo había sido asaltado en su propia casa por cuatro sujetos provistos de un arsenal digno de mejor causa. La reportera encargada del enlace en directo y los periodistas que seguían la noticia desde el estudio comenzaban a mostrarse nerviosos con las demoras del entrevistado, quien parecía desangrarse tratando de revelar la manera en que lo mantuvieron maniatado en la cocina durante más de cuatro horas.

Con el Cogollo permanecimos embobados, perplejos, hasta con cierto pudor adolescente, como si nos estuvieran transmitiendo un recuerdo personal por televisión, para todo el país, en vivo y en directo. La impaciencia de la entrevistadora no conseguía sino despacharnos como encomiendas certificadas a los ya lejanos años del liceo, porque la figura de Ortague perduraba en la memoria de los grandes hitos de los ochenta. Cuenta la leyenda que su madre llegó dos minutos después de cerradas las matrículas para los cursos de primero medio, y sólo un inexplicable arrebato de compasión del Director permitió que, finalmente, Ortague se integrara a nuestro bien provisto Museo de Celebridades.

Desde el primer día de clases los profesores se empeñaron, al pasar la lista, en llamarlo Ortega en vez de Ortague, provocando que él deletreara una y otra vez su apellido ante el curso, en medio de los sudores y demoras inherentes a su condición de tartamudo crónico. Hasta que un día en que el profesor Terrores sacó su voz de resfrío permanente para interrumpirlo:

—Bueno, muchacho, digamos entonces que *por un pelito* no es Ortega.

Y fue el propio Cogollo quien algunas semanas después descubrió que el Pelito Ortague *por un pelito* no era el mismísimo Palito Ortega, un flacucho cantante argentino, ya pasado de moda por aquellos años: así es que Ortague era doblemente Pelito, más encima.

Al regocijo lógico por perder quince minutos de clases en cada tormentoso deletreo del apellido de nuestro flamante compañero de curso se le fue sumando la expectación creciente de una macabra intuición. En forma privada primero, y luego alentados por el alborozo del grupo, comenzamos a preguntarnos cómo haría el Pelito Ortague para declamar el poema con el cual el negro Terrores nos sometía a suplicio semestral. Para cada uno de los alumnos de Castellano la declamación era como una muerte anunciada desde principio de año, conscientes de que debíamos anotarnos de puño y letra en una lista que el propio Terrores colgaba detrás de la puerta. La lista era una hoja larga, donde se consignaban todos los jueves del año, junto a uno de los cuales debíamos estampar nuestro nombre y el título del poema seleccionado para la ocasión. El negro Terrores procuraba, eso sí, escoger al azar a los cuatro primeros condenados, porque la lista mostraba una clara tendencia a llenarse sólo en los meses de finales de año.

Pero la llegada de Ortague despojó de dramatismo nuestras tragedias individuales y concentró el interés general en esperar el operático momento de su declamación. A los pocos días se transformó en un ritual entrar a la sala y echar un vistazo detrás de la puerta, para saber si el Pelito se había anotado finalmente en la lista. La impaciencia fue creciendo hasta adquirir ribetes conspirativos cuando en el baño vimos aparecer aquel rayado de *El Pelito viene. Abran la puerta.*

Hasta que un día hallamos por fin la letra temblorosa de Ortague —con las últimas cuatro letras de su apellido remarcadas varias veces, para que no quedaran dudas— al lado de un jueves de otoño del cual ya todos teníamos el recuerdo, creo. El poema elegido se titulaba *Nada*, y no faltó quien creyó ver en eso una especie de velada deserción.

Entonces se abrieron las apuestas clandestinas acerca de cuántos minutos demoraría el negro Terrores en mandar a sentarse a Ortague con uno de sus típicos gritos de tenor histérico. Los más compasivos le daban dos minutos de tartamudeo. Cuando en la clase de Historia el profesor describió a cincuenta mil romanos en el

Coliseo, vitoreando a un cristiano descuartizado entre las fauces de una fiera, el curso pareció caer en una especie de trance premonitorio. Y así la fecha se fue acercando para Ortague y nosotros como que nos fuimos acercando a él —habitualmente aislado en un rincón de la sala, cabizbajo y con el pelo rubio maniáticamente ordenado— más que nada para comprobar que su tartamudeo siguiera intacto.

Y ya se sabe que no hay plazo que no se cumpla, y el del Pelito llegó, finalmente, un día jueves de tímido aguacero. Ese día, claro, nadie faltó a clases. No sólo eso, en la sala se generó un silencio que ni el más tirano de los profesores pudo lograr nunca. De pronto, sin esperar la orden de Terrores, el Pelito se paró de su asiento y caminó hasta quedar sobre la tarima de madera. Dándole la espalda al pizarrón, se amoldó el pelo y miró hacia su derecha, donde Terrores escribía sus maleficios en el libro de clases. Durante algunos minutos sólo se escuchó el raspar del lápiz sobre las hojas.

Hasta que sin previo aviso, Terrores cerró el libro con un golpe seco que nos hizo saltar de nuestros asientos. Entonces giró la vista hacia donde Ortague permanecía tieso, pálido hasta la transparencia, y se quedó mirándolo mientras se amoldaba la corbata.

—¿Y se puede saber qué hace ahí? —preguntó al final.

—Te...te...tengo... que de...de...de...

—¡Ya, ya, vaya a sentarse! —gruñó Terrores.

Aterrado, Ortague caminó con la cabeza gacha hasta el fondo de la sala, mientras a su alrededor se formaba un circuito de expresiones de desconcierto. El Cogollo, por ejemplo, me miró abriendo los ojos más de la cuenta y yo, juntando las cejas sobre la nariz, le respondí mostrándole las palmas de las manos.

—Bien —retomó la palabra Terrores—, hoy día le corresponde declamar al señor Pablo Ortega. Adelante, señor Ortega.

Así era el negro Terrores, gozaba como la bestia que era con esos pequeños gestos de omnipotencia.

De modo que, sin aclarar esta vez la confusión de las últimas letras de su apellido, Ortague caminó por entre un túnel de miradas voraces y se instaló nuevamente sobre la tarima. Lo vimos luego cerrar los ojos y levantar la cabeza hacia el techo, en un ademán invocatorio que no logró conmovernos.

—¿Qué está esperando? —preguntó Terrores— ¿Quiere fanfarrias?

Y de algún modo nosotros escuchamos un coro de tromperas anunciando la debacle. Fanfarrias imaginarias que realzaron aun más el silencio posterior, apenas roto por el martilleo desbocado del corazón de Ortague. Pasaron unos segundos más antes de que el Pelito pudiera soltar de corrido, como una última ráfaga de auxilio, el título y el autor del poema memorizado. Un nuevo silencio, de ésos para morderlos, y entonces sí, transpirando a mares, empezó la declamación de aquel poema de Pezoa Véliz:

Era un pobre diablo que siempre venía
cerca de un gran pueblo donde yo vivía...

Nadie salía de su asombro al escuchar a Ortague avanzando con su modulación un poco exagerada, es cierto, pero perfecta. Lento, también es cierto, pero seguro:

Una chica dijo que sería un loco
o algún vagabundo que comía poco...

El negro Terrores, como siempre, permanecía con los brazos cruzados sobre el pecho y los ojos semiabiertos enfocados hacia el horizonte, como si aguzara al máximo sus sentidos, para saltar sobre su presa ante la menor distracción. Pero su presa esta vez, para sorpresa de todos, avanzaba verso tras verso sin cometer ninguna falta, impecable, como si lo del tartamudeo fuera sólo un lejano malentendido. Para nosotros era como si hubiésemos pagado una fortuna por presenciar una corrida de toros y viéramos al animal escabullirse frente a nuestros ojos, sin el más mínimo rasguño.

Ortague siguió impecable, sí, pero sólo hasta llegar a ese último verso maldito, donde con una modulación más exagerada aún, como celebrando su inminente conquista, soltó aquello de... *Tras la paletada, nadieNNN dijo nada, nadieNNN dijo nada...*, extendiendo la N hasta dejar una larga resonancia en la sala. Terrores abrió los párpados como si quisiera expulsar aquellos ojos fieros, siempre chapuzando en unas piletas de sangre. Giró el cuello lentamente, manteniendo el tronco inmóvil, para quedarse un largo rato observando su cena. A Ortague sólo le faltaba una manzana en la boca, pero, ignorante de todo, le devolvió a Terrores la mirada, sonriendo más orgulloso que nunca. Entonces, mostrando unas encías babeantes, Terrores lo mandó a sentarse de un solo grito, comunicándole que se había hecho acreedor de un lindo dos y para toda la vida. En ese momento el curso completo estalló en una carcajada descomunal, catártica y, desde los asientos posteriores, una voz anónima soltó aquello de ¡*Puta, Ortega, por un pelito*!

Y ése era el mismo Ortague que ahora estaba siendo entrevistado para el noticiero de la medianoche. Un poco más calvo y ojeroso, pero el mismo. El mentón le temblaba de igual manera que antes, mientras le intentaba explicar a la periodista que una vecina sintió ruidos extraños y avisó a la policía. El furgón de carabineros llegó tres minutos después de que los asaltantes arrancaron con todos los pocos objetos de valor que el Pelito guardaba en su casa. Entonces el Cogollo me pegó un codazo en las costillas, como asegurándose de que también yo hubiese visto aparecer, en la parte de abajo de la pantalla, aquella leyenda que decía: *Pablo Ortega. Víctima.*

En *Ecos urbanos,* Chile, Alfaguara, 2000

1943

Julio Paredes

> *A la mañana siguiente ya no estaba, y no hubo*
> *búsqueda alguna que descubriese dónde podía estar.*
> RUDYARD KIPLING
> *El retorno de Imray*

Mil novecientos cuarenta y tres fue el año que dividió mi vida en dos. Como yo apenas contaba con once años recién cumplidos desconocía aún la tenebrosa dimensión, no nueva pero sí de una crueldad insólita, que por esos mismos días estaba tomando el mundo de los hombres, no sólo en este país sino también en el mundo entero. En una especie de paradoja prefabricada, que entendí, claro está, más adelante y con la relativa claridad mental que me dio el tiempo, esa pérdida de la inocencia universal pareció coincidir con la mía, malograda el mismo año y que, después de un montaje extravagante para mi temprana edad, en cuestión de minutos me obligaría a actuar como un hombre prematuro, como un adulto madurado a destiempo y a contramano.

La triste broma que le dio la vuelta definitiva a mi vida sucedió la primera semana de marzo, una tarde de feria en la que mi padre, mis cuatro hermanos y yo asistimos, entre asustados y atónitos, después de las desconcertantes maniobras de un ilusionista que venía de Rusia, a la desaparición de mi madre. Intercambiada, entre humos blancos, redobles de tambor y largos trapos de colores, por un adormecido tigre de Bengala encerrado en una jaula estrecha, mi madre no había vuelto a salir de la caja metálica donde la habíamos visto entrar, después de saludarnos a los seis, con su sombrerito negro adornado con un par de tréboles y el mismo gesto que repetían todos los voluntarios incautos que se sometían a los juegos hipnóticos del mago de turno.

Como ese número, al que un presentador de saco-leva roja llamaba con el incomprensible término de "transmigración", no era nuevo para nosotros y siempre había formado parte de las funciones a las que asistíamos más de una vez al año, ninguno sospechó la absurda fatalidad de que mi madre no regresaría del otro lado de las cortinas que cerraban el escenario. Además, por ser el más espectacular de los que se veían en la carpa, el truco clausuraba la presentación y de inmediato pasaba un ruidoso desfile de despedida, con payasos que lanzaban baldados de confeti con los que hacían saltar al público alrededor de la pista y nadie, entre risas, se fijaba en otra cosa. Por lo general, el voluntario transplantado regresaba al interior unos minutos más tarde, algo atontado e inquieto y con una foto autografiada del mago que lo había convertido a los ojos de los otros en un felino.

Por esos días esta ciudad, un lugar que aún no era otra cosa que un mapita sin extensión y al que era fácil reconocerle todos los límites, entraba en una especie de festivo desorden, una euforia callejera que, a la semana previa de la cuaresma, también contagiaba a mis padres. No sólo estaban los carnavales de los estudiantes universitarios, en los que diablos medio borrachos y jovencitas enmascaradas se encaramaban a camiones y tranvías, colgando como racimos de figurines, o se lanzaban en carrera por las calles del centro con pitos y matracas y que los niños, cuando nos dejaban, acompañábamos por un par de cuadras, gritando emocionados como si escoltáramos fantasmas que festejaran una pasajera libertad; también venía algún que otro espectáculo de carpa con raros portentos entre los que se combinaban acróbatas sobre caballos, alguna mujer barbuda, el desfile de fenómenos zoológicos sin par, familias de albinos enanos o mujeres que cantaban como pájaros, y aunque a todos en la casa nos fascinara ese mundo era mi madre, en particular, la que parecía profesar una especie de culto secreto, casi fanático, por todo lo que pudiera suceder en los límites de un circo, como si encontrara ahí un mundo de una belleza y una fantasía insuperables. Sin embargo, así se tratara de un territorio donde sucedían cosas sin explicación, creaciones de un universo lejano, nada hacía sospechar que acarrearan una desventura para quienes las contemplaran.

Entonces, y a pesar de que en esos primeros meses de mil novecientos cuarenta y tres a esta ciudad aún la cercaban las secuelas de una peligrosa epidemia de tifo, cuando mi madre encontró en la calle un cartel que anunciaba la llegada de un nuevo circo extranjero, que además de escapar de la guerra en Europa traía también algunas maravillas nunca vistas en estas tierras, entró enseguida en el arrebato de siempre y que no se aplacó hasta los segundos previos al momento en el que, después de agitar los brazos en el aire como una niña enloquecida, el mago ruso, un hombre altísimo de barba espesa y cejas que le tapaban la mirada, la escogía entre el público.

Mi padre no se movió, y no dejó que ninguno de nosotros cinco se moviera, hasta que las graderías quedaran totalmente vacías. El silencio que siguió empezó a asustarme y, aunque no estuviéramos muy arriba, los huecos entre las tablas me dieron vértigo y creí que toda la armazón se sacudía. Segundos después, de entre las cortinas que llevaban a la parte de atrás, salió un hombrecito vestido de overol con una pala y una especie de rastrillo. Aunque éramos los únicos no nos prestó atención y empezó a remover, casi con tristeza, la arena fina que cubría la pista. Como si comprendiera también que no parecía real que el tipo abajo no nos hubiera visto, mi padre se puso de pie y con pasos ágiles saltó hasta donde estaba el otro. No alcanzamos a escuchar lo que le preguntaba pero por el gesto con el que lo miró el hombre sospeché que no entendía español. Entonces, sin esperar una respuesta y sin voltearse a mirarnos, mi padre se lanzó hacia ese otro lado donde sin duda estaría la fuente de todo el misterio.

Por un instante creí que los sucesos se acelerarían y aunque no podía prever nada rogué en silencio que mis padres no tardaran en salir juntos, mi madre agarrada al brazo de mi padre, relatando feliz su admirable vuelo invisible. Sin embargo, la escena que teníamos al frente no pareció avanzar, con la única repetición del desganado movimiento del hombrecito que sacudía de un lado a otro la arena y nuestra mirada desconcertada hacia las cortinas inmóviles.

Nunca supe cuánto tiempo transcurrió y como yo, a pesar de ser el mayor, también sentía la misma perplejidad, el mismo terror oscuro de verme abandonado en esas graderías, cuando los menores, intrigados, quisieron saber qué sucedía simplemente les di la tímida orden de permanecer callados y quietos en el mismo sitio...

El hombre que estaba en la arena se detuvo cuando había dado casi toda la vuelta al círculo y, sin soltar el rastrillo, buscó algo en uno de los bolsillos de atrás. El movimiento le hizo levantar la cabeza y su mirada se cruzó con nuestro grupo. No nos miró con asombro pero dejó la mano quieta en el bolsillo, como si el descubrimiento de ese inesperado quinteto de niños pasmados lo hiciera arrepentirse de una intención que con seguridad creía privada. Por un par de segundos miró hacia el hueco por donde había saltado mi padre y nos volvió a repasar con los ojos, esta vez con mayor atención. Movió por fin la mano y se puso un cigarrillo en la boca. Casi en el mismo segundo, y tal vez para mostrar que él también sabía de números mágicos, rasgó y encendió con la uña del pulgar una cerilla que pareció agarrar el aire. Después de la primera bocanada, nos mostró una sonrisa tímida, de dientes oscuros y desordenados. Intentó decir algo pero de inmediato sacudió la cabeza, sin duda recordando que se encontraba en una ciudad donde hablaban un idioma incomprensible. Soltó un suspiro corto y con el cigarrillo todo el tiempo entre los labios reanudó, con la misma lentitud de antes, la sacudida de la arena.

Sentí que mis hermanos se apretujaban y no me gustó para nada la idea de que en los próximos minutos yo tuviera que bajar y también encaminarme solitario hacia el otro lado, donde estarían las jaulas y los vagones, para seguir anhelante alguna huella de mis padres. Sin embargo, en ese momento y cuando buscaba una frase que nos tranquilizara a todos, escuché voces que subían y bajaban de volumen, en un vaivén que se aproximaba y se alejaba y supuse que los que discutían caminaban de un lado a otro sin parar. A pesar de quedar amortiguada por la gruesa cortina, distinguí la voz de mi padre, pidiendo algo a gritos. El que barría volvió a quedarse inmóvil, levantó los hombros mirándonos y después de escupir la colilla en el suelo puso un gesto de sorpresa en la cara. Me di cuenta de que los cinco nos habíamos agarrado de las manos, como dispuestos para una oración. Las voces aumentaron de volumen y entonces, después de varios golpes que inflaron las cortinas, apareció mi padre resoplando, dando zancadas rabiosas, seguido por el mago, una mujer vestida de bailarina y el tipo de sacoleva rojo. Mi madre no estaba.

Se detuvieron al borde de la pista de arena. Mi padre nos buscó con los ojos y, tal vez por encontrar que la escena que representábamos inmóviles era un poco triste, pareció calmarse. Como en una preparación previa, el grupo se acomodó en una especie de rombo, iluminados los cuatro por una de las extensiones de bombillos que atravesaban la carpa. Alcancé a pensar que habían decidido brindarnos un último espectáculo. Me fijé en el perfil de mi padre, atento a las palabras que había empezado a mascullar el del sacoleva, la mirada fija en sus manos que no dejaban de jugar con el sombrero, un Borsalino marrón que años después recibiría yo como su única herencia. Al final de las últimas frases del otro, mi padre, sin levantar los ojos, se frotó con fuerza la nuca y se aflojó el nudo de la corbata. Vi que la mujer, a su derecha, se movía un poco para observarnos mejor. Quizá para que no lo inmiscuyeran en la discusión, el hombrecito del overol se retiró en silencio y se perdió por entre los recovecos que formaban abajo las graderías.

De repente el mago, que nos daba la espalda, cambió de lugar y empezó a hablar mirándonos. Varios centímetros más alto que los otros tres, acompañaba sus palabras abriendo y cerrando los brazos, como si recurriera a un ejercicio indispensable para tomar aire. De vez en cuando señalaba con dedos temblorosos hacia uno de los vértices superiores de la carpa. El volumen de su voz iba en aumento y por un momento creí que entonaba para nosotros las líneas de un nuevo canto letárgico. Comprendí que la mujer no estaba ahí para remedar tímidamente los ademanes del ruso sino para traducirle a mi padre los giros de ese idioma enrevesado que hablaba el hombre.

El mago soltó la última frase con el mismo ímpetu con el que había empezado a hablar. Siguió un silencio largo, interrumpido sólo un instante por lo que adiviné el rugido de una fiera. La llamada, supuse, del tigre que suplantó a mi madre. Entendí que abajo ninguno podía añadir nada más y, con un inesperado terror que me hizo palpitar la garganta con furia, vi que mi padre, con un gesto de evidente resignación en la cara aunque no dejara de mover la cabeza para negar lo que había escuchado, se separaba del grupo y volvía a subir los escalones para acercarse a buscarnos. En la falta de convicción con la que nos anunció que nuestra madre llegaría en un rato a la casa, reconocí que mi padre apenas contaba con la fuerza y el ánimo suficiente para disfrazar una verdad pavorosa.

Esa noche, y durante el siguiente par de meses, mientras mi abuela y dos tías intentaban reajustar nuestra súbita vida de huérfanos, mi padre dejó que los menores durmieran en su cama. Desde esa misma fecha, él se instalaría en el sofá de la sala, asegurando que se encontraría bien; aunque por mucho tiempo, en la oscuridad de mi cuarto y sin poder tampoco conciliar el sueño con facilidad, lo escuché deambular y murmurar cosas solo y sin descanso, como un fantasma atrapado en ese rincón de la casa. Me enteré por alguno de que en el periódico habían publicado una breve nota sobre el extraño incidente, con alguna fotografía del mago; pero no fue sino hasta una o dos semanas después de nuestra última tarde en el circo que mi padre decidió buscarme una noche, un viernes al terminar la cena, para intentar su primera y única aclaración a la incoherente ausencia de mi madre.

Sólo con los años pude concluir que, por tratarse de una explicación irracional, contraria a cualquier idea que a esa edad yo pudiera componer de lo verosímil, mi padre me había relatado la confesión del mago ruso con una delicadeza casi excesiva. Sin duda, para aplacar mi susto, para no atentar contra la incipiente fortaleza sentimental sobre la que me sostenía, había hablado sin ningún énfasis de inquietud en la voz, con la calma de quien transmitía un principio elemental. Aun así, había escogido con cuidado cada una de las palabras y me había obligado a mirarlo a los ojos con fijeza, para verificar que yo comprendía bien lo que estaba a punto de revelarme.

Temblé cuando me tomó de la barbilla y, bajando un poco la voz, afirmó que, aunque él nunca desistiría de seguir buscándola, mi madre, por un auténtico e irreversible acto de magia, por un sortilegio que muy pocas veces le había dado el resultado de un verdadero prodigio a los forcejeos del ruso, había saltado a una orilla inalcanzable para el fugaz universo de los hombres, esfumándose.

Para concluir esa revelación increíble, esa fábula inaudita y escasa para contrarrestar mi incredulidad y melancolía crecientes, mi padre, amparado tal vez en una de las tantas y engañosas formas de la esperanza, había agregado que en realidad no veía como un destino infeliz que el espectro de mi madre se hubiera emparejado, en ese trance ultraterrenal, con el alma enigmática de un tigre.

En *Terminemos el cuento*, II Premio Internacional de Literatura
Madrid, Alfaguara, 2000

Dochera

Edmundo Paz Soldán

a Piero Ghezzi

Todas las tardes la hija de Inaco se llama Io, Aar es el río de Suiza y Somerset Maugham ha escrito *La luna y seis peniques*. El símbolo químico del oro es Au, Ravel ha compuesto el *Bolero* y hay puntos y rayas que indican letras. Insípido es soso, las iniciales del asesino de Lincoln son JWB, las casas de campo de los jerarcas rusos son *dachas*, Puskas es un gran futbolista húngaro, Verónica Lake es una famosa *femme fatale*, héroe de Calama es Avaroa y la palabra clave de *Ciudadano Kane* es Rosebud. Todas las tardes Benjamín Laredo revisa diccionarios, enciclopedias y trabajos pasados para crear el crucigrama que saldrá al día siguiente en *El Heraldo* de Piedras Blancas. Es una rutina que ya dura veinticuatro años: después del almuerzo, Laredo se pone un apretado terno negro, camisa de seda blanca, corbata de moño rojo y zapatos de charol que brillan como los charcos en las calles después de una noche de lluvia. Se perfuma, afeita y peina con gomina, y luego se encierra en su escritorio con una botella de vino tinto y el concierto de violín de Mendelssohn en el estéreo para, con una caja de lápices Staedtler de punta fina, cruzar palabras en líneas horizontales y verticales, junto a fotos en blanco y negro de políticos, artistas y edificios célebres.

Una frase serpentea a lo largo y ancho del cuadrado, la de Oscar Wilde la más usada: *Puedo resistir a todo menos a las tentaciones*. Una de Borges es la favorita del momento: *He cometido el peor de los pecados: no fui feliz*. ¡Preclara belleza de lo que se va creando ante nuestros ojos nunca cansados de sorprenderse! ¡Maravilla de la novedad en la repetición! ¡Pasmo ante el acto siempre igual y siempre nuevo!

Sentado en la silla de nogal que le ha causado un dolor crónico en la espalda, royendo la madera astillada del lápiz, Laredo se enfrenta al rectángulo de papel bond con urgencia, como si en éste se encontrara, oculto en su vasta claridad, el mensaje cifrado de su destino. Hay momentos en que las palabras se resisten a entrelazarse, en que un dato orográfico no quiere combinar con el sinónimo de *impertérrito*. Laredo apura su vino y mira hacia las paredes. Quienes pueden ayudarlo están ahí, en fotos de papel sepia que parecen gastarse de tanto ser observadas, un marco de plata bruñida al lado de otro atiborrando los cuatro costados y dejando apenas espacio para un marco más: Wilhelm Kundt, el alemán de la nariz quebrada (la gente que hace crucigramas es muy apasionada), el fugitivo nazi que en menos de dos años en Piedras Blancas se inventó un pasado de célebre crucigramista gracias a su exuberante dominio del castellano —decían que era tan esquelético porque sólo devoraba páginas de diccionarios de etimologías en el desayuno, almorzaba sinónimos y antónimos, cenaba galicismos y neologismos—; Federico Carrasco, de asombroso parecido con Fred Astaire, que descendió en la locura al creerse Joyce e intentar hacer de sus crucigramas reducidas versiones de *Finnegans Wake*; Luisa Laredo, su madre alcohólica, que debió usar el seudónimo de Benjamín Laredo para que sus crucigramas abundantes en despreciada flora y fauna y olvidadas artistas pudieran ganar aceptación y prestigio en Piedras Blancas; su madre, que lo había criado sola (al enterarse del embarazo, el padre de dieciséis años huyó en tren y no se supo más de él), y que, al descubrir que a los cinco años él ya sabía que agarradera era asa y tasca bar, le había prohibido que hiciera sus crucigramas por miedo a que siguiera su camino. Cansa ser pobre. Tú serás ingeniero. Pero ella lo había dejado cuando cumplió diez, al no poder resistir un feroz *delirium tremens* en el que las palabras cobraban vida y la perseguían como mastines tras la presa.

Todos los días Laredo mira al crucigrama en estado de crisálida, y luego a las fotos en las paredes. ¿A quién invocaría hoy? ¿Necesitaba la precisión de Kundt? *Piedra labrada con que se forman los arcos o bóvedas*, seis letras. ¿El dato entre arcano y esotérico de Carrasco? *Cinematógrafo de John Ford* en *El Fugitivo*, ocho letras. ¿La diligencia de su madre para dar un lugar a aquello que se dejaba de lado? *Preceptora de Isabel la Católica, autora de unos comentarios a la obra de Aristóteles*, siete letras. Alguien siempre dirige su mano tiznada de carbón al diccionario y enciclopedia correctos (sus preferidos, el de María Moliner, con sus bordes garabateados, y la Enciclopedia Británica desactualizada pero capaz de informarlo de árboles caducifolios y juegos de cartas en la Alta Edad Media), y luego ocurre la alquimia verbal y esas palabras yaciendo juntas de manera incongruente

—dictador cubano de los 50, planta dicotiledónea de Centro América, deidad de los indios Mohauks—, de pronto cobran sentido y parecen nacidas para estar una al lado de la otra.

Después, Laredo camina las siete cuadras que separan su casa del rústico edificio de *El Heraldo*, y entrega el crucigrama a la secretaria de redacción, en un sobre lacrado que no puede ser abierto hasta minutos antes de ser colocado en la página A14. La secretaria, una cuarentona de camisas floreadas y lentes de cristales negros e inmensos como tarántulas dormidas, le dice cada vez que puede que sus obras son joyas para guardar en el *alhajero de los recuerdos*, y que ella hace unos tallarines con pollo *para chuparse los dedos*, y a él no le vendría mal un *paréntesis en su admirable labor*. Laredo murmura unas disculpas, y mira al suelo. Desde que su primera y única novia lo dejó a los dieciocho años por un muy premiado poeta maldito —o, como él prefería llamarlo, un maldito poeta—, Laredo se había pasado la vida mirando al suelo cuando tenía alguna mujer cerca suyo. Su natural timidez se hizo más pronunciada, y se recluyó en una vida solitaria, dedicada a sus estudios de arqueología (abandonados al tercer año) y al laberinto intelectual de los crucigramas. La última década pudo haberse aprovechado de su fama en algunas ocasiones, pero no lo hizo porque él, ante todo, era un hombre muy ético.

Antes de abandonar el periódico, Laredo pasa por la oficina del editor, que le entrega su cheque entre calurosas palmadas en la espalda. Es su única exigencia: cada crucigrama debe pagarse el día de su entrega, excepto los del sábado y el domingo, que se pagan el lunes.

Laredo inspecciona el cheque a contraluz, se sorprende con la suma a pesar de conocerla de memoria. Su madre estaría muy orgullosa de él si supiera que podía vivir de su arte. *Debiste haber confiado más en mí, mamá.* Laredo vuelve al hogar con paso cansino, rumiando posibles definiciones para el siguiente día. Pájaro extinguido, uno de los primeros reyes de Babilonia, país atacado por Pedro Camacho en La tía Julia y el escribidor, isótopo radiactivo de un elemento natural, civilización contemporánea de la nazca en la costa norte del Perú, aria de Verdi, noveno mes del año lunar musulmán, tumor producido por la inflamación de los vasos linfáticos, instrumento romo, rebelde sin causa.

Ese atardecer, Benjamín Laredo volvía a casa más alegre de lo habitual. Todo le parecía radiante, incluso el mendigo sentado en la acera con la *descoyuntada cintura ósea que termina por la parte inferior el cuerpo humano* (seis letras), y el adolescente que apareció de improviso en una esquina, lo golpeó al pasar y tenía una grotesca *prominencia que forma el cartílago tiroides en la parte anterior del cuello* (cuatro letras). Acaso era el vino italiano que había tomado ese día para celebrar el fin de una semana especial por la calidad de sus cuatro últimos crucigramas. El del miércoles, cuyo tema era el *film noir* —con la foto de Fritz Lang en la esquina superior izquierda y a su lado derecho la del autor de *Double Indemnity*—, había motivado numerosas cartas de felicitación. *Estimado señor Laredo: le escribo estas líneas para decirle que lo admiro mucho, y que estoy pensando en dejar mis estudios de ingeniería industrial para seguir sus pasos. Muy Apreciado: Ojalá que Sigas con los Crucigramas Temáticos. ¿Qué Tal Uno que Tenga como Tema las Diversas Formas de Tortura Inventadas por los Militares Sudamericanos en el Siglo XX?* Laredo palpaba las cartas en su bolsillo derecho y las citaba de corrido como si estuviera leyéndolas en Braille. ¿Estaría ya a la altura de Kundt? ¿Había adquirido la inmortalidad de Carrasco? ¿Lograba superar a su madre para así recuperar su nombre? Casi. Faltaba poco. Muy poco. Debía haber un premio Nobel para artistas como él: hacer crucigramas no era menos complejo y trascendental que escribir un poema. Con la delicadeza y la precisión de un soneto, las palabras se iban entrelazando de arriba a abajo y de izquierda a derecha hasta formar un todo armonioso y elegante. No se podía quejar: su popularidad era tal en Piedras Blancas que el municipio pensaba bautizar una calle con su nombre. Nadie ya leía a los poetas malditos, y menos a los *malditos poetas*, pero prácticamente todos en la ciudad, desde ancianos beneméritos hasta gráciles Lolitas —*obsesión de Humbert Humbert, personaje de Nabokov, Sue Lyon en la pantalla gigante*—, dedicaban al menos una hora de sus días a intentar resolver sus crucigramas. Más valía el reconocimiento popular en un arte no valorado que una multitud de premios en un campo tomado en cuenta sólo por unos pretenciosos estetas, incapaces de reconocer el aire de los tiempos.

En la esquina a una cuadra de su casa una mujer con un abrigo negro esperaba un taxi (*piel usada para la confección de abrigos*, cinco letras). Las luces del alumbrado público se encendieron, su fulgor anaranjado reemplazando pálidamente la perdida luz del atardecer.

Laredo pasó al lado de la mujer; ella volcó la cara y lo miró. Era joven, de edad indefinida: podía tener diecisiete o treinta y cinco años. Tenía un mechón de pelo blanco que le caía sobre la frente y le cubría el ojo derecho. Laredo continuó la marcha. Se detuvo. Ese rostro...

Un taxi se acercaba. Giró y le dijo:

—Perdón. No es mi intención molestarla, pero...

—Pero me va a molestar.

—Sólo quería saber su nombre. Me recuerda a alguien.

—Dochera.

—¿Dochera?

—Disculpe. Buenas noches.

El taxi se había detenido. Ella subió y no le dio tiempo de continuar la charla. Laredo esperó que el destartalado Ford Falcon se perdiera antes de proseguir su camino. Ese rostro... ¿a quién le recordaba ese rostro?

Se quedó despierto hasta la madrugada, dando vueltas en la cama con la luz de su velador encendida, explorando en su prolija memoria en busca de una imagen que correspondiera de algún modo con la nariz aguileña, la tez morena y la quijada prominente, la expresión entre recelosa y asustada. ¿Un rostro entrevisto en la infancia, en una sala de espera en un hospital, mientras, de la mano de su abuelo, esperaba que le informaran que su madre había vuelto de la inconsciencia alcohólica? ¿En la puerta del cine de barrio, a la hora de la entrada triunfal de las chicas de minifaldas rutilantes, de la mano de sus parejas? Aparecía la imagen de senos inverosímiles de Jayne Mansfield, que había recortado de un periódico y colado en una página de su cuaderno de matemáticas, la primera vez que había intentado hacer un crucigrama, un día después del entierro de su madre. Aparecían rubias y de pelo negro oloroso a manzana, morenas hermosas gracias al desparpajo de la naturaleza o a los malabares del maquillaje, secretarias de rostros vulgares y con el encanto o la insatisfacción de lo ordinario, mujeres de la realeza y desconocidas con las que se había cruzado por la calle, la piel no tocada varios días por el agua.

La luz se filtraba, tímida, entre las persianas de la habitación cuando apareció la mujer madura con un mechón blanco sobre la cabeza. La dueña de *El palacio de las princesas dormidas*, la revistería del vecindario donde Laredo, en la adolescencia, compraba los *Siete Días* y *Life* de donde recortaba las fotos de celebridades para sus crucigramas. La mujer que se le acercó con una mano llena de anillos de plata al verlo ocultar con torpe disimulo, en una esquina del recinto oloroso a periódicos húmedos, una *Life* entre los pliegues de la chamarra de cuero marrón.

—¿Cómo te llamas?

Lo agarraría y lo denunciaría a la policía. Un escándalo. En su cama, Laredo revivía el vértigo de unos instantes olvidados durante tantos años. Debía huir.

—Te he visto muchas veces por aquí. ¿Te gusta leer?

—Me gusta hacer crucigramas.

Era la primera vez que lo decía con tanta convicción. No había que tenerle miedo a nada. La mujer abrió sus labios en una sonrisa cómplice, sus mejillas se estrujaron como papel.

—Ya sé quién eres. Benjamín. Como tu madre, Dios

la tenga en su gloria. Espero que no te guste hacer otras cosas tontas como ella.

La mujer le dio un pellizco tierno en la mejilla derecha. Benjamín sintió que el sudor se escurría por sus sienes. Apretó la revista contra su pecho.

—Ahora lárgate, antes de que venga mi esposo.

Laredo se marchó corriendo, el corazón apresurado como ahora, repitiéndose que nada le gustaba más que *hacer* crucigramas. Nada. Desde entonces no había vuelto a *El palacio de las princesas dormidas* por una mezcla de vergüenza y orgullo. Había incluso dado rodeos para no cruzar por la esquina y toparse con la mujer. ¿Qué sería de ella? Sería una anciana detrás del mostrador de la revistería. O quizá estaría cortejando a los gusanos en el cementerio municipal. Laredo repitió, su cuerpo fragmentado en líneas paralelas por la luz del día: *nada me más que. Nada*. Debía pasar la página, devolver a la mujer al olvido en que la tenía prisionera. Ella no tenía nada que ver con su presente. El único parecido con Dochera era el mechón blanco. Dochera, susurró, los ojos revoloteando por las paredes desnudas de la habitación. Do-che-ra.

Era un nombre extraño. ¿Dónde podría volver a encontrarla? Si había tomado el taxi tan cerca de su casa, acaso vivía a la vuelta de la esquina: se estremeció al pensar en esa hipotética cercanía, se mordió las uñas ya más que mordidas. Lo más probable, sin embargo, era que ella hubiera estado regresando a su casa después de visitar a alguna amiga. O a familiares. ¿A un amante?

Al día siguiente, incluyó en el crucigrama la siguiente definición: *Mujer que espera un taxi en la noche, y que vuelve locos a los hombres solitarios y sin consuelo.* Siete letras, segunda columna vertical. Había transgredido sus principios de juego limpio y su responsabilidad para con sus seguidores. Si las mentiras que poblaban las páginas de los periódicos, en las declaraciones de los políticos y los funcionarios de gobierno, se extendían al reducto sagrado de las palabras cruzadas, estables en su ofrecimiento de verdades fáciles de comprobar con una buena enciclopedia, ¿qué posibilidades existían para que el ciudadano común se salvara de la generalizada corrupción? Laredo había dejado en suspensión esos dilemas morales. Lo único que le interesaba era enviar un mensaje a la mujer de la noche anterior, hacerle saber que estaba pensando en ella. La ciudad era muy chica, ella debía haberlo reconocido. Imaginó que ella, al día siguiente, haría el crucigrama en la oficina en la que trabajaba, y se encontraría con ese mensaje de amor que la haría sonreír. Dochera, escribiría con lentitud, paladeando el momento, y luego llamaría al periódico para avisar que había recibido el mensaje, podían tomar un café una de esas tardes.

Esa llamada no llegó. Sí, en cambio, las de muchas personas que habían intentado infructuosamente resolver el crucigrama y pedían ayuda o se quejaban de su dificultad. Cuando, un día después, fue publicada la solución, la gente se miró incrédula. ¿Dochera? ¿Quién había oído hablar de Dochera? Nadie se animó a preguntarle o discutirle a Laredo: si él lo decía, era por algo. No por nada se había ganado el apodo de Hacedor. El Hacedor sabía cosas que la demás gente no conocía.

Laredo volvió a intentar con: *Turbadora y epifánica*

aparición nocturna, que ha convertido un solitario corazón en una suma salvaje y contradictoria de esperanzas y desasosiegos. Y: De noche, todos los taxis son pardos, y se llevan a la mujer de mechón blanco, y con ella mi órgano principal de circulación de la sangre. Y: A una cuadra de la Soledad, al final de la tarde, hubo el despertar de un mundo. Los crucigramas mantenían la calidad habitual, pero todos, ahora, llevaban inserta, como una cicatriz que no acababa de cerrarse, una definición que remitiera al talismánico nombre de siete letras. Debía parar. No podía. Hubo algunas críticas; no le interesaba (autor de *El Criticón*, siete letras). Sus seguidores se fueron acostumbrando, y comenzaron a ver el lado positivo: al menos podían comenzar a resolver el crucigrama con la seguridad de tener una respuesta correcta. Además, ¿no eran los genios extravagantes? Lo único diferente era que a Laredo le había tomado veinticinco años encontrar su lado excéntrico. Al Beethoven de Piedras Blancas bien podían permitírsele acciones que se salían de lo acostumbrado.

Hubo cincuenta y siete crucigramas que no encontraron respuesta. ¿Se había esfumado la mujer? ¿O es que Laredo se había equivocado en el método? ¿Debía rondar todos los días la esquina de su casa, hasta volverse a encontrar con ella? Lo había intentado tres noches, la gomina Lord Cheseline refulgiendo en su cabellera como si se tratara de un ángel en una fallida encarnación mortal. Se sintió ridículo y vulgar acosándola como un asaltante. También había visitado, sin suerte, las compañías de taxis en la ciudad, tratando de dar con los taxistas de turno aquella noche (las compañías no guardaban las listas, hablaría con el director del periódico, alguien debía escribir un editorial al respecto). ¿Poner un aviso de una página en *El Heraldo*, describiendo a Dochera y ofreciendo dinero al que pudiera darle información sobre su paradero? Pocas mujeres debían tener un mechón de pelo blanco, o un nombre tan singular. No lo haría. No había publicidad superior a la de sus crucigramas: ahora toda la ciudad, incluso quienes no hacían crucigramas, sabía que Laredo estaba enamorado de una mujer llamada Dochera. Para ser un tímido enfermizo, Laredo ya había hecho mucho (cuando la gente le preguntaba quién era ella, él bajaba la mirada y murmuraba que en una tienda de libros usados había encontrado una invaluable y ya agotada enciclopedia de los hititas).

¿Y si la mujer le había dado un nombre falso? Ésa era la posibilidad más cruel.

Una mañana, se le ocurrió visitar el vecindario de su adolescencia, en la zona noroeste de la ciudad, profusa en sauces llorones. El entrecruzamiento de estilos creaba una zona de abigarradas temporalidades. Las casonas de patios interiores coexistían con modernas residencias, el kiosco del Coronel, con su vitrina de anticuados frascos de farmacia para los *dulces y las gomas de mascar perfumadas* (siete letras), estaba al lado de una peluquería en la que se ofrecía manicura para ambos sexos. Laredo llegó a la esquina donde se encontraba la revistería. El letrero de elegantes letras góticas, colgado sobre una corrediza puerta de metal, había sido sustituido por un basto anuncio de cerveza, bajo el cual se leía, en letras pequeñas, *Restaurante El palacio de las princesas*. Laredo asomó la cabeza por la puerta. Un hombre descalzo y en pijamas azules trapeaba el piso de mosaicos de diseños árabes. El lugar olía a detergente de limón.

—Buenos días.

El hombre dejó de trapear.

—Perdone... Aquí antes había una revistería.

—No sé nada. Sólo soy un empleado.

—La dueña tenía un mechón de pelo blanco.

El hombre se rascó la cabeza.

—Si es en la que estoy pensando, murió hace mucho. Era la dueña original del restaurante. Fue atropellada por un camión distribuidor de cervezas, el día de la inauguración.

—Lo siento.

—Yo no tengo nada que ver. Sólo soy un empleado.

—¿Alguien de la familia quedó a cargo?

—Su sobrino. Ella era viuda, y no tenía hijos. Pero el sobrino lo vendió al poco tiempo, a unos argentinos.

—Un momento... ¿No es usted...?

Laredo se marchó con paso apurado.

Esa tarde, escribía el crucigrama cincuenta y ocho de su nuevo período cuando se le ocurrió una idea. Estaba en su escritorio con un traje negro que parecía haber sido hecho por un sastre ciego (los lados desiguales, un corte diagonal en las mangas), la corbata de moño rojo y una camisa blanca manchada por gotas del vino tinto que tenía en la mano —Merlot, Les Jamelles—. Había treinta y siete libros de referencia apilados en el suelo y en la mesa de trabajo; los violines de Mendelssohn acariciaban sus lomos y sobrecubiertas ajadas. Hacía tanto frío que hasta Kundt, Carrasco y su madre parecían tiritar en las paredes. Con un Staedtler en la boca, Laredo pensó que la demostración de su amor había sido repetitiva e insuficiente. Acaso Dochera quería algo más. Cualquiera podía hacer lo que él había hecho; para distinguirse del resto, debía ir más allá de sí mismo. Utilizando como piedra angular la palabra Dochera, debía crear un mundo. *Afluente del Ganges*, cuatro letras: Mars. *Autor de Todo verdor perecerá*, ocho letras: Manterza. *Capital de Estados Unidos*, cinco letras: Deleu. *Romeo y...* seis letras: Senera. *Dirigirse*, tres letras: lei. Colocó las cinco definiciones en el crucigrama que estaba haciendo. Había que hacerlo poco a poco, con tiento.

Adolescentes en los colegios, empleados en sus oficinas y ancianos en las plazas se miraron con asombro: ¿se trataba de un error tipográfico? Al día siguiente descubrieron que no. Laredo se había pasado de los límites, pensaron algunos, rumiando la rabia de tener entre sus manos un crucigrama de imposible resolución. Otros aplaudieron los cambios: eso hacía más interesantes las cosas. Sólo lo difícil era estimulante (dos palabras, diez letras). Después de tantos años, era hora de que Laredo se renovara: ya todos conocían de memoria su repertorio, sus trucos de viejo malabarista verbal. *El Heraldo* comenzó a publicar, aparte del crucigrama de Laredo, uno normal para los descontentos. El crucigrama normal fue retirado once días después.

La furia nominalista del Beethoven de Piedras Blancas se fue acrecentando a medida que pasaban los días y no oía noticias de Dochera. Sentado en su silla de nogal noche tras noche, fue destruyendo su espalda y construyendo un mundo, superponiéndolo al que ya existía y en el que habían colaborado todas las civilizaciones y los siglos que confluían, desde el origen de los tiempos, en un escritorio desordenado en Piedras Blancas. ¡Preclara belleza de lo que se va creando ante nuestros ojos nunca cansados de sorprenderse! ¡Maravilla de la novedad en la novedad! ¡Pasmo ante el acto siempre nuevo y siempre nuevo! Se veía bailando los aires de una rondalla en el Cielo de los Hacedores —en el que los Crucigramistas ocupaban el piso más alto, con una vista privilegiada del Jardín del Paraíso, y los Poetas el último piso— de la mano de su madre y mientras Kundt y Carrasco lo miraban de abajo arriba. Se veía desprendiéndose de la mano de su madre, convirtiéndose en una figura etérea que ascendía hacia una cegadora fuente de luz.

La labor de Laredo fue ganando en detalle y precisión mientras sus provisiones de papel bond y Staedtlers se acababan más rapido que de costumbre. La capital de Venezuela, por ejemplo, había sido primero bautizada como Senzal. Luego, el país del cual Senzal era capital había sido bautizado como Zardo. La capital de Zardo era ahora Senzal. Los héroes que habían luchado en las batallas de la independencia del siglo pasado fueron rebautizados, así como la orografía y la hidrografía de los cinco continentes, y los nombres de presidentes, ajedrecistas, actores, cantantes, insectos, pinturas, intelectuales, filósofos, mamíferos, planetas y constelaciones. Cima era *ruda*, sima era *redo*. Piedras Blancas era *Delora*. Autor de *El mercader de Venecia* era *Eprinip Eldat*. Famoso creador de crucigramas era *Bichse*. Especie de chaleco ajustado al cuerpo era *frantzen*. Objeto de paño que se lleva sobre el pecho como signo de piedad era *vardelt*. Era una labor infinita, y Laredo disfrutaba del desafío. La delicada pluma de un ave sostenía un universo.

El atardecer doscientos tres, Laredo volvía a casa después de entregar su crucigrama. Silbaba *La cavalleria rusticana* desafinando. Dio unos pesos al mendigo de la *doluth* descoyuntada. Sonrió a una anciana que se dejaba llevar por la correa de un pekinés tuerto (¿pekinés?, ¡*zendala!*). Las luces de sodio del alumbrado público parpadeaban como gigantescas luciérnagas (¡*erewhons!*). Un olor a hierbabuena escapaba de un jardín en el que un hombre calvo y de expresión melancólica regaba las plantas. En algunos años, nadie recordará los verdaderos nombres de esas buganvillas y geranios, pensó Laredo.

En la esquina a cinco cuadras de su casa una mujer con un abrigo negro esperaba un taxi. Laredo pasó a su lado; ella volcó la cara y lo miró. Era joven, de edad indefinida. Tenía un mechón de pelo blanco que le caía sobre la frente y le cubría el ojo izquierdo. La nariz aguileña, la tez morena y la quijada prominente, la expresión entre recelosa y asustada.

Laredo se detuvo. Ese rostro...

Un taxi se acercaba. Giró y le dijo:

—Usted es Dochera.

—Y usted es Benjamín Laredo.

El Ford Falcon se detuvo. La mujer abrió la puerta trasera y, con una mano llena de anillos de plata, le hizo un gesto invitándolo a entrar.

Laredo cerró los ojos. Se vio robando ejemplares de *Life* en *El palacio de las princesas dormidas*. Se vio recortando fotos de Jayne Mansfield, y cruzando definiciones horizontales y verticales para escribir en un crucigrama *Puedo resistir a todo menos a las tentaciones*. Vio a la mujer del abrigo negro esperando un taxi aquel lejano atardecer. Se vio sentado en su silla de nogal decidiendo que el afluente del Ganges era una palabra de cuatro letras. Vio el fantasmagórico curso de su vida: una pura, asombrosa, translúcida línea recta.

¿Dochera? Ese nombre también debía ser cambiado. ¡Mukhtir!

Se dio la vuelta. Prosiguió su camino, primero con paso cansino, luego a saltos, reprimiendo sus deseos de volcar la cabeza, hasta terminar corriendo las dos cuadras que le faltaban para llegar al escritorio en el que, en las paredes atiborradas de fotos, un espacio lo esperaba.

En *Amores imperfectos*, Bolivia, Alfaguara, 2000

Escaleritas

Carmen Posadas

Fue Juan Sinfuentes el que tuvo la idea, el que una mañanita lluviosa de junio, en medio del entierro de la negra Saturnina, cayó en la cuenta de que en aquel cementerio no había nada digno de memoria. Mientras el cura desgranaba los réquiems, que si por los muertos de este camposanto, que si por el eterno descanso de Saturnina, que si por todos los difuntos del Uruguay, y la tierra se volvía barro y barro echaban sobre el ataúd, miró a su alrededor y tuvo la completa certeza de que el pueblo caminaba hacia el acabose. Luego, recorrió con la vista las tumbas cuajadas de hierba y dijo:

—Carajo, qué despilfarro.

Nadie hizo caso de aquel comentario. Juan Sinfuentes gozaba de merecida fama, si no de loco, sí al menos de excéntrico y de irse a menudo "pa los tomates", como decían todos con un soplo de resignación. Se contaba de él que, el día de su casamiento, en plena consagración se acordó de que no había echado de comer a las gallinas y ya no hubo forma humana de sujetarlo en la iglesia. La novia, el cura y los invitados tuvieron que esperar a que Juan volviera sacudiéndose las plumas de su traje. Pero aquello sucedió hace mucho, tanto que ya no se sabe si fue verdad o mentira o simple habladuría. Lo que sí era cierto, y allí estaban sus paisanos para confirmárselo a quien no lo creyera, era que en pleno verano podía darle la ventolera de ponerse el poncho grueso y aducir la única excusa válida, la que no admitía peros: "Estoy helado". Otra vez, en otro entierro hace muchos años, cuando el pueblo entero se reunía en la iglesia sumida en las tinieblas, Juan se arrancó con unas sambitas que acompañó con golpes de bastón en el suelo entarimado. "El pobre ya ni siente ni padece —dijo, refiriéndose no al muerto, como era de esperar, sino al llagado Cristo de madera, orgullo de Escaleritas—. Y, además, el Viernes Santo resucita".

Rarezas, en fin, que todos tenemos, unos más y otros menos. Quien mejor podría haber hablado de Juan Sinfuentes era su mujer, si, cosa nunca vista, los muertos se dedicaran a ir contando chismes de los vivos. El caso es que, en medio del nuevo entierro, salió con aquel "Carajo, qué despilfarro", que los familiares de la difunta no se tomaron a mal porque ya conocían a Juan y, además, no era cosa de montar quilombo con la pobre Saturnina de cuerpo presente.

Por la noche, el viejo siguió dándole vueltas a la idea, confirmando el pavoroso presentimiento de que nada ni nadie de ese pueblo, hasta donde a él le alcanzaba la memoria, había hecho algo digno de ser recordado. Se pasó la noche en vela contando muertos, repasando vidas y llegó a la conclusión de que, de seguir así la cosa, el pueblo desaparecería sin pena ni gloria y que, lo que era peor, nada importante se habría perdido. "Carajo, qué despilfarro", murmuró al amanecer de un día húmedo y gris.

No eran las ocho de la mañana y ya estaba llamando a la puerta del alcalde.

—¿Pero qué quiere a estas horas? —Protervo se asomó a la ventana con el sobresalto del sueño interrumpido—. ¿Se le está quemando el rancho?

—Peor.

—¿Se ha muerto alguien?

"Peor", le dijo Juan Sinfuentes y aguardó bajo la lluvia de junio, sucia y triste que parecía eterna, a que Protervo abriera la puerta.

El alcalde, en esos casos, siempre temía lo mismo; que alguien hubiera descubierto en el diccionario el significado de su nombre. Cuarenta años llevaba padeciendo esa incertidumbre. Desde que él se topó por casualidad con esa palabra, que precede a protervidad y antecede a protésico, vivía con ese miedo y evitaba en su conversación todos los términos que empezaran por *pro*, como promesa, propaganda, protesta o progreso.

—¿Qué pasa? —preguntó al abrir la puerta de la calle.

—¿Cuántos años tiene Escaleritas? —Protervo se le quedó mirando con el gesto miope que sacamos del sueño.

—¿Y para eso me despierta? Mire que lo de sus rarezas, Juan Sinfuentes, va a peor.

—Déjese de sermones y dígame, ¿cuántos años?

—Y yo qué sé. Cuatrocientos o quinientos, cualquiera sabe. Algunos dicen que cuando los conquistadores, ya estábamos aquí.

—¿Y cuántos cree que va a durar? —preguntó Juan Sinfuentes.

—Pocos, ya ve, cada vez quedamos menos.

—¿Y no le parece que hemos vivido para nada?

El alcalde lo empujó hasta la calle.

—Vaya a ver si la lluvia lo despabila un poco, que yo me vuelvo a la cama.

—¿Qué quería? —le preguntó su mujer, que aún no se había levantado.

—Decirme que no pintamos nada en la vida.

—Pero qué manera de despertar a un compadre —se quejó Eleda—. Entran ganas de morirse, de que venga el Mandinga y se la lleve a una del todo, todito.

Las palabras son como pájaros en mañana de mayo, juegan a irse, revolotean, se esconden y vuelven a aparecer. Protervo se acordó del comentario de Juan Sinfuentes una semana después, un atardecer cualquiera. Volvía al pueblo y las sombras se enredaban en las ramas de las acacias y en los quebrachos. Vista desde allí, la aldea se le antojó un montón de casas derramadas al buen tuntún, como si al paisaje le hubieran nacido unos matojos de adobe cuyo único destino fuese el de secarse, convertirse en polvo y que el pampero los desperdigara. Y supo que ni el nombre quedaría, la ruina y el olvido serían la única cosecha del tiempo. "¿Y no le parece que hemos vivido para nada?"

Vitor Darío tenía dieciséis años, esa tarde en la que a Protervo se le vino el mundo encima y, al llegar a casa, el muchacho vio al alcalde parado en el camino, mirando el pueblo.

¿Se inicia el destino de un hombre en un momento exacto? Muchas veces habría de preguntarse Vitor cuándo empezó todo, y a lo más hondo que llegó en el lodazal de la memoria fue al estremecimiento que sintió cuando, en la reunión convocada por Protervo, todos se volvieron a mirarlo. Si nos dedicáramos a buscar las causas, quizá llegaríamos al primer rayo de luz, a la primera gota de agua. Sea como fuere, tengan las cosas principio o no lo tengan, la vida de Vitor Dario cambió en aquella reunión vecinal, cuando el pueblo se juramentó para vencer al olvido y hacer algo para que, pasados los siglos, el mundo recordara el nombre de Escaleritas de Uruguay.

—Nos agarra ya viejos para ese afán, Protervo —le dijeron—. Ésa es una tarea para toda la vida y nosotros la tenemos casi gastada.

—Vitor Dario la tiene casi sin estrenar —respondió el alcalde.

Todos se volvieron a mirar al muchacho que, desde el fondo de la sala, contempló a sus vecinos mientras notaba que la tierra se abría bajo sus pies. Por las ventanas entreabiertas se colaba un aroma de jacarandá en flor, un aroma mustio como de rosa de velorio que había logrado sobrevivir desde la primavera pasada. Tal vez sea verdad que el destino no llega de golpe, como cartero inesperado o como las mulatas de boca entreabierta que a veces llegaban desde el Brasil. El destino que rescató Vitor de la bruma que le ofuscaba la cabeza se parecía al río Negro, una corriente que fluye y fluye hasta desaparecer. Él había sido niño cuando nadie lo era en Escaleritas, cuando nadie aguardaba ya que en ese pueblo olvidado de la sierra de Cuchilla Grande se oyeran cantos de "arrorró mi niño arrorró mi sol". El niño de Escaleritas, Vitor Dario, que las viejas vinieron a ver desde la otra punta de la vida.

—¿Y qué quieren que haga? —consiguió preguntar.

—Que el mundo diga: "Vitor Dario, nacido en Escaleritas" —respondió Protervo—. Que nos salves del olvido, carajo.

Se disolvió la reunión y todos regresaron a sus casas. Era de noche y el pampero llegaba hasta la región cansado desde su viaje del suroeste. Muchas veces, en los atardeceres de invierno, Vitor se ponía a la ventana y creía percibir en la brisa aromas de Buenos Aires, del Río de la Plata, perfumes de cosmopolitismo mezclados con la soledad de las llanuras. Regiones míticas, ciudades que no eran más que un sueño en esas tierras de Tacuarembó. Y ahora, a él le pedían que convirtiera su pueblo en un lugar semejante; que alguien, un día, cuando sintiera un viento azotándole el rostro, pensara en Escaleritas y también soñara el mundo.

Pero, ¿qué hacer para lograrlo? Se acostó y estuvo toda la noche agitándose en la cama. El destino era una manta pesada que no le permitía conciliar el sueño. Si fuera de Montevideo, o de Buenos Aires, de Madrid, de París... ¿Pero qué oportunidades concedía Escaleritas?

—Vitor, que Filomeno Rulfo pregunta por ti.

Era al alba, una mañana clara y húmeda en la que ya se adivinaba el otoño al otro lado de Cuchilla Grande, bajando del Brasil con la piel tiznada de oscuro.

—Que ya sé qué podés hacer para sacarnos del olvido.

Era viejo Filomeno Rulfo, tan viejo que el mismo Vitor, cuando era niño, no sabía que existiera. Hay una etapa de la vida en la que la vejez es invisible. Era viejo Filomeno y su memoria se había extraviado como en marzo las flores blancas de las acacias. A veces, sólo a veces, recuperaba visiones fugaces que le dejaban todo el día melancólico, tratando de seguir un rastro que no era más que humo. Tuvo mujer e hijos y sus nombres se le iban y venían de la memoria como los petisos de una calesita, pero esa mañana le contó a Vitor sus sueños íntegros. No sabía Filomeno quién era, pero guardó en un arcón cerrado a la carcoma del olvido sus proyectos de juventud. Se los entregó como la llave que abre el futuro, como quien pasa el secreto de un tesoro enterrado.

Y después vino Lisardo Caimán; y Ludmila Posadas; y Protervo Zanetti, el alcalde; y el sacristán Plinio Casares; y el cura Pío y María Guevara y Olalia Dedesa y Florencio Grajales... Todo Escalentas vino a lo de Vitor con sus sueños hechos añicos, con el deseo de que el chico los recompusiera, con la certeza de que si los llevaba a cabo en nombre del villorrio quedarían a salvo.

Durante los seis meses siguientes, los casi doscientos habitantes de Escaleritas le relataron el estropicio de sus vidas y, a medida que pasaba el tiempo y Vitor caía en la cuenta de que cada uno de sus vecinos no era sino el cementerio de sus viejas esperanzas, comprendió que no se estaba convirtiendo en el depositario de nada y sí en el notario de la derrota.

"La pucha —se preguntaba—, ¿cómo era posible que Escaleritas, donde tanto proyecto particular se había fraguado, constituyera un fracaso público, un derrumbe general en donde ni el nombre perduraría?" Y dio en pensar que tal vez en el aire o en el agua o en la sombra que como vuelo de carancho bajaba de Cuchillo Grande, existía algo maligno, un ácido que corroía los sueños, y que exhalaban las flores del ceibo al pudrirse. Y tuvo miedo de que a él le pasara lo mismo, de que la torrentera de ruina le anegara el deseo y un día, cuando fuera tan viejo como Filomeno Rulfo, le anduviera relatando a un joven las quimeras de su imaginación.

Se fue en noviembre, en una noche agonizante y nadie supo qué rumbo tomó. Escaleritas descubrió su ausencia y don Pío, el cura, se puso como loco a voltear campanas. Hubo un revuelo alado y ruiseñores y cardenales y alguien echó a correr por las calles de Escaleritas:

—Que se ha ido el Vitor, que se ha ido a salvarnos del olvido.

En *Terminemos el cuento,* II Premio Internacional de Literatura
Madrid, Alfaguara, 2000

La lengua de las mariposas

Manuel Rivas

A Chabela

"¿Qué hay, Pardal? Espero que por fin este año podamos ver la lengua de las mariposas".

El maestro aguardaba desde hacía tiempo que les enviasen un microscopio a los de la Instrucción Pública. Tanto nos hablaba de cómo se agrandaban las cosas menudas e invisibles por aquel aparato que los niños llegábamos a verlas de verdad, como si sus palabras entusiastas tuviesen el efecto de poderosas lentes.

"La lengua de la mariposa es una trompa enroscada como un muelle de reloj. Si hay una flor que la atrae, la desenrolla y la mete en el cáliz para chupar. Cuando lleváis el dedo humedecido a un tarro de azúcar, ¿a que sentís ya el dulce en la boca como si la yema fuese la punta de la lengua? Pues así es la lengua de la mariposa".

Y entonces todos teníamos envidia de las mariposas. Qué maravilla. Ir por el mundo volando, con esos trajes de fiesta, y parar en flores como tabernas con barriles llenos de almíbar.

Yo quería mucho a aquel maestro. Al principio, mis padres no podían creerlo. Quiero decir que no podían entender cómo yo quería a mi maestro. Cuando era un pequeñajo, la escuela era una amenaza terrible.

Una palabra que se blandía en el aire como una vara de mimbre.

"¡Ya verás cuando vayas a la escuela!".

Dos de mis tíos, como muchos otros jóvenes, habían emigrado a América para no ir de quintos a la guerra de Marruecos. Pues bien, yo también soñaba con ir a América para no ir a la escuela. De hecho, había historias de niños que bufan al monte para evitar aquel suplicio. Aparecían a los dos o tres días, ateridos y sin habla, como desertores del Barranco del Lobo.

Yo iba para seis años y todos me llamaban Pardal. Otros niños de mi edad ya trabajaban. Pero mi padre era sastre y no tenía tierras ni ganado. Prefería verme lejos que no enredando en el pequeño taller de costura. Así pasaba gran parte del día correteando por la Alameda, y fue Cordeiro, el recogedor de basura y hojas secas, el que me puso el apodo: "Pareces un pardal".[1]

Creo que nunca he corrido tanto como aquel verano anterior a mi ingreso en la escuela. Corría como un loco y a veces sobrepasaba el límite de la Alameda y seguía lejos, con la mirada puesta en la cima del monte Sinaí, con la ilusión de que algún día me saldrían alas y podría llegar a Buenos Aires. Pero jamás sobrepasé aquella montaña mágica.

"¡Ya verás cuando vayas a la escuela!".

Mi padre contaba como un tormento, como si le arrancaran las amígdalas con la mano, la forma en que el maestro les arrancaba la jeada del habla, para que no dijesen ajua ni jato ni jracias. "Todas las mañanas

---

1 En gallego, gorrión (N. de la T.)

teníamos que decir la frase *Los pájaros de Guadalajara tienen la garganta llena de trigo.*[2] ¡Muchos palos llevamos por culpado Juadalagara!". Si de verdad me quería meter miedo, lo consiguió. La noche de la víspera no dormí. Encogido en la cama, escuchaba el reloj de pared en la sala con la angustia de un condenado. El día llegó con una claridad de delantal de carnicero. No mentiría si les hubiese dicho a mis padres que estaba enfermo.

El miedo, como un ratón, me roía las entrañas.

Y me meé. No me meé en la cama, sino en la escuela.

Lo recuerdo muy bien. Han pasado tantos años y aún siento una humedad cálida y vergonzosa resbalando por las piernas. Estaba sentado en el último pupitre, medio agachado con la esperanza de que nadie reparase en mi presencia, hasta que pudiese salir y echar a volar por la Alameda.

"A ver, usted, ¡póngase de pie!".

El destino siempre avisa. Levanté los ojos y vi con espanto que aquella orden iba por mí. Aquel maestro feo como un bicho me señalaba con la regla. Era pequeña, de madera, pero a mí me pareció la lanza de Abd el Krim.

"¿Cuál es su nombre?".

"Pardal".

Todos los niños rieron a carcajadas. Sentí como si me golpeasen con latas en las orejas.

"¿Pardal?".

No me acordaba de nada. Ni de mi nombre. Todo lo que yo había sido hasta entonces había desaparecido

---

2 En castellano en el original.

de mi cabeza. Mis padres eran dos figuras borrosas que se desvanecían en la memoria. Miré hacia el ventanal, buscando con angustia los árboles de la Alameda.

Y fue entonces cuando me meé.

Cuando los otros chavales se dieron cuenta, las carcajadas aumentaron y resonaban como latigazos.

Huí. Eché a correr como un locuelo con alas. Corría, corría como sólo se corre en sueños cuando viene detrás de uno el Hombre del Saco. Yo estaba convencido de que eso era lo que hacía el maestro. Venir tras de mí. Podía sentir su aliento en el cuello, y el de todos los niños, como jauría de perros a la caza de un zorro. Pero cuando llegué a la altura del palco de la música y miré hacia atrás, vi que nadie me había seguido, que estaba a solas con mi miedo, empapado de sudor y meos. El palco estaba vacío. Nadie parecía fijarse en mí, pero yo tenía la sensación de que todo el pueblo disimulaba, de que docenas de ojos censuradores me espiaban tras las ventanas y de que las lenguas murmuradoras no tardarían en llevarles la noticia a mis padres. Mis piernas decidieron por mí. Caminaron hacia el Sinaí con una determinación desconocida hasta entonces. Esta vez llegaría hasta Coruña y embarcaría de polizón en uno de esos barcos que van a Buenos Aires.

Desde la cima del Sinaí no se veía el mar, sino otro monte aun más grande, con peñascos recortados como torres de una fortaleza inaccesible. Ahora recuerdo con una mezcla de asombro y melancolía lo que logré hacer aquel día. Yo solo, en la cima, sentado en la silla de piedra, bajo las estrellas, mientras que en el valle se movían como luciérnagas los que con candil andaban en mi busca. Mi nombre cruzaba la noche a lomos de los aullidos de los perros. No estaba impresionado. Era como si hubiese cruzado la línea del miedo. Por eso no lloré ni me resistí cuando apareció junto a mí la sombra recia de Cordeiro. Me envolvió con su chaquetón y me cogió en brazos. "Tranquilo, Pardal, ya pasó todo".

Aquella noche dormí como un santo, bien arrimado a mi madre. Nadie me había reñido. Mi padre se había quedado en la cocina, fumando en silencio, con los codos sobre el mantel de hule, las colillas amontonadas en el cenicero de concha de vieira, tal como había sucedido cuando se murió la abuela.

Tenía la sensación de que mi madre no me había soltado la mano durante toda la noche. Así me llevó, cogido como quien lleva un serón, en mi regreso a la escuela. Y en esta ocasión, con el corazón sereno, pude fijarme por vez primera en el maestro. Tenía la cara de un sapo.

El sapo sonreía. Me pellizcó la mejilla con cariño. "Me gusta ese nombre, Pardal". Y aquel pellizco me hirió como un dulce de café. Pero lo más increíble fue cuando, en medio de un silencio absoluto, me llevó de la mano hacia su mesa y me sentó en su silla. Él permaneció de pie, cogió un libro y dijo:

"Tenemos un nuevo compañero. Es una alegría para todos y vamos a recibirlo con un aplauso". Pensé que me iba a mear de nuevo por los pantalones, pero sólo noté una humedad en los ojos. "Bien, y ahora vamos a empezar un poema. ¿A quién le toca? ¿Romualdo? Venga, Romualdo, acércate. Ya sabes, despacito y en voz bien alta".

A Romualdo los pantalones cortos le quedaban ridículos. Tenía las piernas muy largas y oscuras, con las rodillas llenas de heridas.

Una tarde parda y fría...

"Un momento, Romualdo, ¿qué es lo que vas a leer?"
"Una poesía, señor".
"¿Y cómo se titula?".
"*Recuerdo infantil*. Su autor es don Antonio Machado".
"Muy bien, Romualdo, adelante. Con calma y en voz alta. Fíjate en la puntuación".
El llamado Romualdo, a quien yo conocía de acarrear sacos de piñas como niño que era de Altamira, carraspeó como un viejo fumador de picadura y leyó con una voz increíble, espléndida, que parecía salida de la radio de Manolo Suárez, el indiano de Montevideo.

Una tarde parda y fría
de invierno. Los colegiales
estudian. Monotonía
de lluvia tras los cristales.
Es la clase. En un cartel
se representa a Caín
fugitivo y muerto Abel,
junto a una mancha carmín...

"Muy bien. ¿Qué significa *monotonía de lluvia*, Romualdo", preguntó el maestro.
"Que llueve sobre mojado, don Gregorio".

"¿Rezaste?", me preguntó mamá, mientras planchaba la ropa que papá había cosido durante el día. En la cocina, la olla de la cena despedía un aroma amargo de nabiza.

"Pues sí", dije yo no muy seguro. "Una cosa que hablaba de Caín y Abel".

"Eso está bien", dijo mamá, "no sé por qué dicen que el nuevo maestro es un ateo".

"¿Qué es un ateo?".

"Alguien que dice que Dios no existe". Mamá hizo un gesto de desagrado y pasó la plancha con energía por las arrugas de un pantalón.

"¿Papá es un ateo?".

Mamá apoyó la plancha y me miró fijamente.

"¿Cómo va a ser papá un ateo? ¿Cómo se te ocurre preguntar esa bobada?".

Yo había oído muchas veces a mi padre blasfemar contra Dios. Lo hacían todos los hombres. Cuando algo iba mal, escupían en el suelo y decían esa cosa tremenda contra Dios. Decían las dos cosas: me cago en Dios, me cago en el demonio. Me parecía que sólo las mujeres creían realmente en Dios.

"¿Y el demonio? ¿Existe el demonio?".

"¡Por supuesto!".

El hervor hacía bailar la tapa de la cacerola. De aquella boca mutante salían vaharadas de vapor y gargajos de espuma y verdura. Una mariposa nocturna revoloteaba por el techo alrededor de la bombilla que colgaba del cable trenzado. Mamá estaba enfurruñada como cada vez que tenía que planchar. La cara se le tensaba cuando marcaba la raya de las perneras. Pero ahora hablaba en un tono suave y algo triste, como si se refiriese a un desvalido.

"El demonio era un ángel, pero se hizo malo".

La mariposa chocó con la bombilla, que se bamboleó ligeramente y desordenó las sombras.

"Hoy el maestro ha dicho que las mariposas también tienen lengua, una lengua finita y muy larga, que llevan enrollada como el muelle de un reloj. Nos la va a enseñar con un aparato que le tienen que enviar de Madrid. ¿A que parece mentira eso de que las mariposas tengan lengua?".

"Si él lo dice, es cierto. Hay muchas cosas que parecen mentira y son verdad. ¿Te ha gustado la escuela?".

"Mucho. Y no pega. El maestro no pega".

No, el maestro don Gregorio no pegaba. Al contrario, casi siempre sonreía con su cara de sapo. Cuando dos se peleaban durante el recreo, él los llamaba, "parecéis carneros", y hacía que se estrecharan la mano. Después los sentaba en el mismo pupitre. Así fue como conocí a mi mejor amigo, Dombodán, grande, bondadoso y torpe. Había otro chaval, Eladio, que tenía un lunar en la mejilla, al que le hubiera zurrado con gusto, pero nunca lo hice por miedo a que el maestro me mandase darle la mano y que me cambiase del lado de Dombodán. La forma que don Gregorio tenía de mostrarse muy enfadado era el silencio.

"Si vosotros no os calláis, tendré que callarme yo".

Y se dirigía hacia el ventanal, con la mirada ausente, perdida en el Sinaí. Era un silencio prolongado, descorazonador, como si nos hubiese dejado abandonados en un extraño país. Pronto me di cuenta de que el silencio del maestro era el peor castigo imaginable. Porque todo lo que él tocaba era un cuento fascinante. El cuento podía comenzar con una hoja de papel, después de pasar por el Amazonas y la sístole y diástole del corazón. Todo conectaba, todo tenía sentido. La hierba, la lana, la oveja, mi frío. Cuando el maestro se dirigía hacia el mapamundi, nos quedábamos atentos como si se iluminase la pantalla del cine Rex. Sentíamos el miedo de los indios cuando escucharon por vez primera el relinchar de los caballos y el estampido del arcabuz. Íbamos a lomos de los elefantes de Aníbal de Cartago por las nieves de los Alpes, camino de Roma. Luchábamos con palos y piedras en Ponte Sampaio[3] contra las tropas de Napoleón. Pero no todo eran guerras. Fabricábamos hoces y rejas de arado en las herrerías del Incio. Escribíamos cancioneros de amor en la Provenza y en el mar de Vigo. Construíamos el Pórtico de la Gloria. Plantábamos las patatas que habían venido de América. Y a América emigramos cuando llegó la peste de la patata.

"Las patatas vinieron de América", le dije a mi madre a la hora de comer, cuando me puso el plato delante.

"¡Qué iban a venir de América! Siempre ha habido patatas", sentenció ella.

"No, antes se comían castañas. Y también vino de América el maíz". Era la primera vez que tenía clara la sensación de que gracias al maestro yo sabía cosas

---

3 Lugar emblemático de la provincia de Pontevedra en el que durante la guerra de Independencia las tropas gallegas derrotaron a las francesas, mandadas por el mariscal Ney.

importantes de nuestro mundo que ellos, mis padres, desconocían.

Pero los momentos más fascinantes de la escuela eran cuando el maestro hablaba de los bichos. Las arañas de agua inventaban el submarino. Las hormigas cuidaban de un ganado que daba leche y azúcar y cultivaban setas. Había un pájaro en Australia que pintaba su nido de colores con una especie de óleo que fabricaba con pigmentos vegetales. Nunca me olvidaré. Se llamaba el tilonorrinco. El macho colocaba una orquídea en el nuevo nido para atraer a la hembra.

Tal era mi interés que me convertí en el suministrador de bichos de don Gregorio y él me acogió como el mejor discípulo. Había sábados y festivos que pasaba por mi casa e íbamos juntos de excursión. Recorríamos las orillas del río, las gándaras, el bosque y subíamos al monte Sinaí. Cada uno de esos viajes era para mí como una ruta del descubrimiento. Volvíamos siempre con un tesoro. Una mantis. Un caballito del diablo. Un ciervo volante. Y cada vez una mariposa distinta, aunque yo sólo recuerdo el nombre de una a la que el maestro llamó Iris, y que brillaba hermosísima posada en el barro o el estiércol.

Al regreso, cantábamos por los caminos como dos viejos compañeros. Los lunes, en la escuela, el maestro decía: "Y ahora vamos a hablar de los bichos de Pardal".

Para mis padres, estas atenciones del maestro eran un honor. Aquellos días de excursión, mi madre preparaba la merienda para los dos: "No hace falta, señora, yo ya voy comido", insistía don Gregorio. Pero a la vuelta decía: "Gracias, señora, exquisita la merienda".

"Estoy segura de que pasa necesidades", decía mi madre por la noche.

"Los maestros no ganan lo que tendrían que ganar", sentenciaba, con sentida solemnidad, mi padre. "Ellos son las luces de la República".

"¡La República, la República! ¡Ya veremos adónde va a parar la República!".

Mi padre era republicano. Mi madre, no. Quiero decir que mi madre era de misa diaria y los republicanos aparecían como enemigos de la Iglesia. Procuraban no discutir cuando yo estaba delante, pero a veces los sorprendía.

"¿Qué tienes tú contra Azaña? Eso es cosa del cura, que os anda calentando la cabeza".

"Yo voy a misa a rezar", decía mi madre.

"Tú sí, pero el cura no".

Un día que don Gregorio vino a recogerme para ir a buscar mariposas, mi padre le dijo que, si no tenía inconveniente, le gustaría tomarle las medidas para un traje.

"¿Un traje?".

"Don Gregorio, no lo tome a mal. Quisiera tener una atención con usted. Y yo lo que sé hacer son trajes".

El maestro miró alrededor con desconcierto.

"Es mi oficio", dijo mi padre con una sonrisa.

"Respeto mucho los oficios", dijo por fin el maestro.

Don Gregorio llevó puesto aquel traje durante un año, y lo llevaba también aquel día de julio de 1936, cuando se cruzó conmigo en la Alameda, camino del ayuntamiento.

"¿Qué hay Pardal? A ver si este año por fin podemos verle la lengua a las mariposas".

Algo extraño estaba sucediendo. Todo el mundo parecía tener prisa, pero no se movía. Los que miraban hacia delante, se daban la vuelta. Los que miraban para la derecha, giraban hacia la izquierda. Cordeiro, el recogedor de basura y hojas secas, estaba sentado en un banco, cerca del palco de la música. Yo nunca había visto a Cordeiro sentado en un banco. Miró hacia arriba, con la mano de visera. Cuando Cordeiro miraba así y callaban los pájaros, era que se avecinaba una tormenta.

Oí el estruendo de una moto solitaria. Era un guardia con una bandera sujeta en el asiento de atrás. Pasó delante del ayuntamiento y miró para los hombres que conversaban inquietos en el porche. Gritó: "¡Arriba España!". Y arrancó de nuevo la moto dejando atrás una estela de explosiones.

Las madres empezaron a llamar a sus hijos. En casa, parecía que la abuela se hubiese muerto otra vez. Mi padre amontonaba colillas en el cenicero y mi madre lloraba y hacía cosas sin sentido, como abrir el grifo de agua y lavar los platos limpios y guardar los sucios.

Llamaron a la puerta y mis padres miraron el pomo con desazón. Era Amelia, la vecina, que trabajaba en casa de Suárez, el indiano.

"¿Sabéis lo que está pasando? En Coruña, los militares han declarado el estado de guerra. Están disparando contra el Gobierno Civil".

"¡Santo Cielo!", se persignó mi madre.

"Y aquí", continuó Amelia en voz baja, como si las paredes oyesen, "dicen que el alcalde llamó al capitán de carabineros, pero que éste mandó decir que estaba enfermo".

Al día siguiente no me dejaron salir a la calle. Yo miraba por la ventana y todos los que pasaban me parecían sombras encogidas, como si de repente hubiese llegado el invierno y el viento arrastrase a los gorriones de la Alameda como hojas secas.

Llegaron tropas de la capital y ocuparon el ayuntamiento. Mamá salió para ir a misa, y volvió pálida y entristecida, como si hubiese envejecido en media hora.

"Están pasando cosas terribles, Ramón", oí que le decía, entre sollozos, a mi padre. También él había envejecido. Peor aún. Parecía que hubiese perdido toda voluntad. Se había desfondado en un sillón y no se movía. No hablaba. No quería comer.

"Hay que quemar las cosas que te comprometan, Ramón. Los periódicos, los libros. Todo".

Fue mi madre la que tomó la iniciativa durante aquellos días. Una mañana hizo que mi padre se arreglara bien y lo llevó con ella a misa. Cuando regresaron, me dijo: "Venga, Moncho, vas a venir con nosotros a la Alameda". Me trajo la ropa de fiesta y mientras me ayudaba a anudar la corbata, me dijo con voz muy grave: "Recuerda esto, Moncho. Papá no era republicano. Papá no era amigo del alcalde. Papá no hablaba mal de los curas. Y otra cosa muy importante, Moncho. Papá no le regaló un traje al maestro".

"Sí que se lo regaló".

"No, Moncho. No se lo regaló. ¿Has entendido bien? ¡No se lo regaló!".

"No, mamá, no se lo regaló".

Había mucha gente en la Alameda, toda con ropa de domingo. También habían bajado algunos grupos de las aldeas, mujeres enlutadas, paisanos viejos con chaleco y sombrero, niños con aire asustado, precedidos por algunos hombres con camisa azul y pistola al cinto. Dos filas de soldados abrían un pasillo desde la escalinata del ayuntamiento hasta unos camiones con remolque entoldado, como los que se usaban para transportar el ganado en la feria grande. Pero en la Alameda no había el bullicio de las ferias, sino un silencio grave, de Semana Santa. La gente no se saludaba. Ni siquiera parecían reconocerse los unos a los otros. Toda la atención estaba puesta en la fachada del ayuntamiento.

Un guardia entreabrió la puerta y recorrió el gentío con la mirada. Luego abrió del todo e hizo un gesto con el brazo. De la boca oscura del edificio, escoltados por otros guardias, salieron los detenidos. Iban atados de pies y manos, en silente cordada. De algunos no sabía el nombre, pero conocía todos aquellos rostros. El alcalde, los de los sindicatos, el bibliotecario del ateneo Resplandor Obrero, Charli, el vocalista de la Orquesta Sol y Vida, el cantero al que llamaban Hércules, padre de Dombodán... Y al final de la cordada, chepudo y feo como un sapo, el maestro.

Se escucharon algunas órdenes y gritos aislados que resonaron en la Alameda como petardos. Poco a poco, de la multitud fue saliendo un murmullo que acabó imitando aquellos insultos.

"¡Traidores! ¡Criminales! ¡Rojos!".

"Grita tú también, Ramón, por lo que más quieras, ¡grita!". Mi madre llevaba a papá cogido del brazo, como si lo sujetase con todas sus fuerzas para que no desfalleciera. "¡Que vean que gritas, Ramón, que vean que gritas!".

Y entonces oí cómo mi padre decía: "¡Traidores!" con un hilo de voz. Y luego, cada vez más fuerte, "¡Criminales! ¡Rojos!" Soltó del brazo a mi madre y se acercó más a la fila de los soldados, con la mirada enfurecida hacia el maestro. "¡Asesino! ¡Anarquista! ¡Comeniños!".

Ahora mamá trataba de retenerlo y le tiró de la chaqueta discretamente. Pero él estaba fuera de sí. "¡Cabrón! ¡Hijo de mala madre!". Nunca le había oído llamar eso a nadie, ni siquiera al árbitro en el campo de fútbol. "Su madre no tiene la culpa, ¿eh, Moncho?, recuerda eso". Pero ahora se volvía hacia mí enloquecido y me empujaba con la mirada, los ojos llenos de lágrimas y sangre. "¡Grítale tú también, Monchiño, grítale tú también!".

Cuando los camiones arrancaron, cargados de presos, yo fui uno de los niños que corrieron detrás, tirando piedras. Buscaba con desesperación el rostro del maestro para llamarle traidor y criminal. Pero el convoy era ya una nube de polvo a lo lejos y yo, en el medio de la Alameda, con los puños cerrados, sólo fui capaz de murmurar con rabia: "¡Sapo! ¡Tilonorrinco! ¡Iris!".

En *¿Qué me quieres, amor?*, Madrid, Alfaguara, 1995

El libro de García

Mauricio-José Schwarz

Everardo no hubiera notado el letrero a no ser porque una palomilla pasó revoloteando muy cerca de su cara y él levantó los ojos para seguir el vuelo del insecto y tratar de alejarlo con la mano. Tenuemente iluminado por una farola de sodio que estaba lejos, en la esquina, se veía el letrero sobre el dintel de la puerta:

> García
> LIBROS RAROS

La pasión de Everardo por los libros no era especialmente ardiente esta noche, pero la curiosidad, y la absoluta certeza de que a pesar de sus constantes cacerías por el centro de la ciudad jamás había topado con esta librería en particular, lo empujaron hacia la entrada. No había aparadores visibles desde la calle y el sucio vidrio de la puerta apenas permitía discernir lo que había en el interior del minúsculo local, pero se veía con claridad el letrero de "Abierto" y la luz del interior era brillante.

Everardo entró, tratando de rescatar de entre los restos de su borrachera y las emociones que la habían provocado, cierta pasión bibliográfica. Pensó en los volúmenes que cazaba año tras año y empezó a excitarse ante la perspectiva de encontrar alguno en el pringoso local de García: quizá la colección de cuentos de Bertrand Rusell, alguna traducción fiel de los *Rubaiyat* de Khayyam o el manuscrito perdido de Manuel Alonso de Rivas, el herético franciscano del siglo XVIII.

Everardo empujó la puerta, la librería por dentro era incluso más pequeña de lo que parecía por fuera. Giró hacia un estante y vio los libros.

Se fijó en un ejemplar, sin duda viejo: *Alicia en el país de las maravillas*, de Lewis Carroll, en una edición española que parecía de los años veinte. Junto estaba *Alicia en el país de las maravillas* en otra edición, ésta de la Argentina. Y junto estaba una más, de bolsillo y bastante reciente a juzgar por la portada.

Se volvió hacia otro estante. Ahí estaba *Alicia en el país de las maravillas* en edición ilustrada reciente. Y, junto, un volumen de evidente antigüedad, con pastas duras de piel, *Alice in wonderland*. Abajo había varios ejemplares en rústica de la misma obra. Dio un par de pasos. En todos los estantes había *Alicia en el país de las maravillas*, nada más, en todas las ediciones imaginables. De algunos sólo había un ejemplar, de otros había copias suficientes para llenar una repisa. Leyó el título en francés, alemán, italiano, portugués e inglés. En varios tomos en ruso sus vagos conocimientos del alfabeto cirílico le permitieron discernir la palabra "Alicia". Lo mismo en griego. De las ediciones que por sus caracteres pudo deducir que eran árabes, hebreas, japonesas, coreanas, chinas y otras, sólo atinó a imaginarse que eran también *Alicia en el país de las maravillas*, de Lewis Carroll. Sacó al azar uno de los que mostraban los caracteres más intrigantes. Las ilustraciones correspondían a la obra de Carroll.

Hacia las cuatro de la tarde las barras de las cantinas del centro de la ciudad habían empezado a confundirse. La sucesión de cantineros (gordos, delgados, bigotones, jóvenes, viejos, de chaleco y corbata de moño, de delantal y en mangas de camisa) acabó fundiéndose en una especie de barman arquetípico que tenía como única misión en la vida mantener un trago en la mano de Everardo.

A las cinco de la tarde salió desorientado de la última cantina de su periplo y empezó a andar sin rumbo fijo, con la suficiente conciencia como para convencerse de que necesitaba caminar y respirar aire fresco.

Se sentía sobrio al encontrar el establecimiento de García, pero la multiplicación de la obra de Charles Lutwidge Dodgson, o Lewis Carroll, en los libreros que lo rodeaban lo hizo dudar de su sobriedad. Sacudió la cabeza y miró a los estantes. Allí seguían.

Una figura se movió al borde del campo de visión de Everardo. Un hombre pequeño, sentado tras el mostrador con gorra a cuadros y pesadas gafas, pasó una página de un libro. Estaba absorto en su lectura, encerrado en una burbuja. Everardo se acercó lo más inconspicuamente que pudo, ojeando libros acá y allá (todos seguían siendo *Alicia en el país de las maravillas*). Cuando pasó junto al mostrador miró la página que tenía ante sí el hombre. Más de la mitad estaba ocupada por un grabado antiguo de Alicia durante su juicio, ante la reina de corazones.

La librería era como una burla de la biblioteca infinita que imaginara Borges. Aquí sólo había un libro. El idioma podía ser distinto, las traducciones (hijas de la subjetividad y los prejuicios) variaban, las ilustraciones eran siempre incompletas y demasiado personales, las encuadernaciones iban de la más lujosa a la más vulgar, el papel, las dimensiones, el tipo de letra, todo era distinto. Y sin embargo era el mismo libro. Todos esos volúmenes eran un solo libro.

La librería era, seguramente, producto de una admiración obsesiva por la obra de Carroll. Sin duda vendía muy pocos ejemplares. Pero el tipo que Everardo supuso era García se mostraba totalmente despreocupado. Parecía que uno podría tomar cualquier libro de los estantes y salir con él por la puerta sin pagarlo, y el hombre tras el mostrador seguiría leyendo sin inmutarse.

—Mire, mire —dijo alborozado el individuo que seguramente era García, señalando el libro y sobresaltando a su cliente. Everardo se acercó con cautela. En la página, el gigantesco rostro sonriente del gato de Cheshire presidía sobre la conferencia del rey, el verdugo y la reina—. Son los grabados originales de John Tenniel. Las reproducciones no son muy buenas, pero aquí tengo otro donde se aprecian con enorme fidelidad...

El hombre desapareció tras el mostrador. Everardo levantó el libro con cuidado. Era la edición de Porrúa de 1972 con traducción de Adolfo de Alba, y la portada anunciaba tanto *Alicia en el país de las maravillas* como *Al otro lado del espejo*, pero se le había arrancado al libro descuidadamente la segunda mitad. Llegaba apenas a la página setenta y Everardo dedujo rápidamente que el resto del tomo había sido desechado precisamente porque no era *Alicia en el país de las maravillas*.

El individuo se incorporó mostrando un delicado volumen en papel biblia con cantos plateados. Lo ojeó rápidamente y llegó a la ilustración que había señalado en el otro libro.

—Esto sí hace justicia al grabador, ¿no le parece? —preguntó. Acercó demasiado el libro a Everardo, haciéndolo dar un paso atrás para apreciar la imagen. No pudo percibir gran diferencia entre los dos grabados, pero asintió obediente.

—¿No tiene una biografía de Lewis Carroll? —preguntó luego de un lapso embarazoso en que García lo miró expectante y sonriente, los ojos magnificados por los gruesos cristales de sus gafas.

García dejó de sonreír. Pasó la vista por su local, diciendo con los ojos que, por favor, señor, ¿no ve que sólo vendo *Alicia en el país de las maravillas*? Los ojos de García volvieron a Everardo.

—No —dijo García.

—¿Y no tendrá por aquí *Detrás del espejo*? —insistió Everardo. La librería lo intrigaba y molestaba un tanto. Quería *entenderla*. Detrás de su conciencia sonaba una alarma: el hombrecito podía estar realmente loco. Se requería una obsesión genuina para emprender la titánica tarea que parecía haberse echado a cuestas García. Viajes, quizá, a países que jamás hubieran enviado a México un ejemplar de sus versiones de la obra de Carroll. Y mucho dinero. El establecimiento de García era una obra maestra de inutilidad minuciosa y delicada.

García negó sin hablar, con cierto escándalo por las preguntas de Everardo. Como lo que sentiría un devoto musulmán si alguien llegara invitado a comer a su casa y pidiera unos embutidos de cerdo.

—Está bien. Sólo tiene *Alicia en el país de las maravillas*, ¿verdad?

El hombre asintió con un suspiro que sonaba a agradecimiento y la sonrisa volvió a su rostro.

Everardo se volvió a ver de nuevo la librería. Su enigma era la suma de varios enigmas menores. Resolverlo exigía saber cómo alguien decide hacer una colección de un solo libro y por qué decide que ese libro será *Alicia en el país de las maravillas*. Luego, determinar sus motivaciones para abrir un local comercial, pagando renta, permisos, impuestos, electricidad y demás, para exhibir y vender esa colección, sin esperanzas de que las ventas cubran los gastos. Everardo dudaba que alguien, algún día, pudiera entrar a esta librería e interesarse por una traducción de *Alicia en el país de las maravillas* al finlandés. No la había visto, pero seguramente estaba allí, en algún lugar.

—¿Se interesa por algún libro? —preguntó García animoso.

—No lo sé aún —dijo Everardo a la defensiva.

—Nadie sale de aquí sin un libro —sentenció García. Everardo buscó en la voz del hombre un tono de amenaza, pero no lo había.

Lo separaban de la puerta no más de siete pasos. Tuvo el impulso de salir, olvidarse de los libros raros de García o volver con el sol brillando en la polvosa calle. Lo detuvo la voz del hombre:

—¿Para qué sirve un libro que no tiene ni grabados ni diálogos?

—No sé.

—Nadie sabe. Es decir, hay muchas respuestas posibles, pero sólo una es la correcta, la que corresponde a lo que se pregunta Alicia al principio de El Libro —pronunció guturalmente las mayúsculas—. Antes de ver al conejo blanco. Cualquiera puede decir que un libro sin grabados y sin diálogos sirve para esto o para aquello o para nada, pero la respuesta adecuada sólo la conoce Carroll.

—O Alicia —intervino Everardo simplemente por no quedarse callado.

—¡Eso es! ¡Muy bien, muy bien! —aplaudió jubiloso el hombre.

Everardo configuró la imagen de sí mismo en la barra de una cantina donde todas las botellas llevaban la etiqueta: "Bébeme". García se quitó la gorra y abrió aparentemente al azar el volumen de papel biblia que había sacado de abajo de su mostrador.

—"Sé quién era esta mañana, pero creo que desde entonces he cambiado varias veces" —recitó el hombre con gozo.

Everardo se estremeció. Ya no tenía deseos de irse ni de entender lo que estaba pasando, sino por qué estaba pasándole a él. La cita dio en el blanco y Everardo optó por la senda del enojo.

—¿Qué quiere usted? —preguntó con los dientes apretados al hombre que sonreía como gato de Cheshire. La sonrisa desapareció y el hombre caviló seriamente durante algunos segundos.

—Dicen por ahí —comenzó solemnemente— que un monje hizo como ejercicio, a principios de siglo, una traducción de *Alicia* al latín clásico. Es sólo un rumor. Yo quisiera que tal volumen existiera. Y tenerlo aquí. Sería espléndido ver cómo logró resolver este monje políglota el poema de la danza de las langostas en latín. Y varios otros versos de éstos...

—No, no eso. ¿Qué quiere de mí?

—Nada. Que se lleve un libro. Yo no quiero nada más. Soy vendedor de libros. Usted llegó aquí...

—Sí, sí —concedió Everardo y la marea de su ira bajó.

—Voy a lavarme las manos. Mire, mire —indicó con la mano los estantes—. Sin compromiso.

El hombre desapareció detrás del librero que estaba al fondo de la tienda. Everardo se acodó en el mostrador y encendió un cigarrillo. Miró a su alrededor. Y todo lo que estaba ante él era un solo libro.

Alguna vez lo había leído. No recordaba cuándo. Primero tuvo una adaptación infantil que le causó la impresión de que el autor concatenaba situaciones absurdas sin causa ni propósito definidos. Luego lo leyó de nuevo y se enfureció tanto con los "adaptadores" del primer volumen que al final de la lectura recordaba poco de lo relatado. Pero el gato de Cheshire, la falsa tortuga y la reina de corazones aún estaban por ahí, entre sus recuerdos, bajo las recientes memorias de una mujer que a media noche se levanta de la cama y anuncia que se va, decreta el fin del amor, del sexo, del desayuno en común, del café después de ir al teatro, de la regadera compartida y la amable discusión para decidir quién limpia los ceniceros. Presencias frescas del empleo mínimo, de la supervivencia en tiempos de ruina que se ve reventada por viejos fantasmas que despiertan y empiezan a hacer preguntas sobre lo que se ha hecho y lo que no se ha hecho. Y más preguntas que iban encendiendo una serie de flechas de neón rosado y verde mostrando el camino a una cantina, luego a otra, a otra...

Y finalmente a una librería lunática.

El hombre volvió mientras Everardo levantaba *Alice au pays des merveilles* con las fotografías tomadas por el propio Dodgson.

—¿Por qué Alicia? —preguntó finalmente Everardo.

—En realidad por nada en particular. Podía haber elegido cualquier otro libro —el rostro del hombre cambió sutilmente. Ya no tenía la sonrisa de entusiasmo casi infantil, sino un gesto de profunda concentración. El gesto de quien hace la glosa del resultado de largas y profundas cavilaciones—. Son muchísimos los libros que tienen todas las respuestas que uno necesita. Si uno se pregunta por la justicia, digamos, puede encontrar excelentes respuestas en *El Quijote* igual que en *El proceso* de Kafka, en los cuentos de Edgar Allan Poe o en *¿Sueñan los androides con ovejas eléctricas?* de Philip K. Dick. Todos los libros son respuestas. Uno los evalúa de acuerdo con sus propias preguntas. Por eso los críticos nunca se ponen de acuerdo: preguntas distintas, ¿ve usted? Si uno lee *El juego de abalorios* de Hesse preguntando si el autor padecía complejo de Edipo leerá un libro muy distinto que si lo hace preguntando sobre el valor de las sociedades teocráticas o el significado del arte. En ese libro las respuestas son las mismas, pero el lector las altera con sus preguntas. En muchos libros hay respuestas distintas, claro. Pero ninguna es incorrecta. Todas son correctas...

—Si uno tiene la pregunta adecuada —dijo ausente Everardo. El hombre asintió.

—Exactamente. Una sola pregunta, como la de Alicia respecto de los libros que no tienen diálogos ni grabados, tiene muchas respuestas. Las respuestas están en los libros. La respuesta adecuada a su pregunta sólo la conoce Alicia. Ante las respuestas de los libros, sólo uno conoce la pregunta adecuada.

—¿Y *Alicia en el país de las maravillas* responde a todas las preguntas de usted?

—No —repuso García. Echó una conspicua ojeada a su reloj de pulsera. Debían ser las ocho de la noche. La librería cerraría pronto.

—No entiendo.

El hombre acarició los lomos de los libros que estaban en el estante más cercano. Miró intensamente a Everardo y éste apartó la mirada fingiendo distraerse con el tomo mutilado de Porrúa. Lo abrió de atrás hacia delante y se detuvo en la penúltima página del libro.

—Tiene las respuestas de usted —dijo distraídamente el hombre y desapareció de nuevo tras el mostrador, revolviendo papeles.

—"¡No! ¡No! —dijo la reina—. Primero la sentencia y luego la deliberación", leyó Everardo. Era una buena respuesta a lo que le había ocurrido. Al menos a una parte. La respuesta era buena, pero le faltaba la pregunta.

El tomo mutilado le pareció de pronto un animal desamparado que necesitaba de su atención.

—Me llevo éste —anunció Everardo.

—Lléveselo. Y ya váyase. Voy a cerrar —sonó la voz del hombre desde abajo, tras el mostrador.

—¿Cuánto es?

—Nada, nada. Es un libro roto, viejo. Las hojas están amarillas y en la página once tiene una mancha de café. Y la portada está rota. No vale nada. Buenas noches.

Las últimas palabras de García eran terminantes. Everardo murmuró un agradecimiento y salió hacia la noche, abrazado al libro.

Cuando Julieta entró al pequeño establecimiento de "García, libros raros", quedó profundamente sorprendida. En todos los estantes no había sino ediciones diversas y traducciones de *El idiota* de Dostoievski. En ruso, en alemán, en francés, en inglés, en español, en pastas duras y en rústica, todo el local de García estaba ocupado por un solo libro.

Al fondo, tras el mostrador, un hombre pequeño, de gorra a cuadros y gafas, ojeaba muy serio un ejemplar de *El idiota*.

En *Relatos mexicanos posmodernos*. México, Alfaguara, 2001

Los viejitos

Patricia Suárez

De manera que los viejitos se aparecieron así de repente por la puerta trasera, la que estaba junto al baño, y el caballero muy dulcemente me dijo: Dicen que son tus padres, Edit. Yo me quedé mirándolos: los dos medio zaparrastrosos, el viejo flaco y enteco, la vieja muy pálida, los dos despidiendo ese olor de flor muerta típico de los ancianos, metidos en trajes duros como cartón, sonriendo con dentaduras de porcelana. En ese tiempo, yo tenía unos problemas muy diferentes como para enfrentarme a los viejitos. Yo nada más pensaba: Cuando me crezca el cabello nuevo todo va a estar mejor. Ocurrió que me descalcifiqué durante el embarazo y entonces empezaron a rompérseme los dientes y se me cayó el pelo. Yo antes había tenido una cabellera negra y ondulada casi imposible de cepillar, selvática, como una Medusa, como un Absalón. Era injusto: me cubría la cabeza con un pañuelo de seda amarilla que llamaba mucho la atención. Cuando una está pelada, use lo que use en la cabeza llama la atención. A muchas mujeres después del puerperio el pelo les crece más suave y más lindo; era mi esperanza. Mi marido se reía de mí y me hacía chistes; estaba muy enojado conmigo y casi no me hablaba; decía que iba a dejarme pero no se marchaba: en cada beso que me daba declaraba que me odiaba y al final lo único que saco en conclusión es que no acordaba con mis métodos de crianza. Pero mi bebé era precioso. Mi bebé es precioso, decía yo, y tendrá una madre calva y desdentada. No me dejaba hacer nada durante todo el día; a la noche lloraba cada tres horas. Una persona no sabe lo que es entregarse a otra hasta que no ha tenido un bebé. Una persona, no: una mujer. No sé si los hombres alguna vez se enteran de qué trata. El viejo me saludó con una especie de reverencia, mientras la esposa se secaba las lágrimas con un pañuelito blanco, de gasa tal vez, que era casi transparente. Todo en ellos era casi transparente; todo, menos sus intenciones. Pensé que vendrían acompañados de otras personas más jóvenes, tal vez mis hermanos. Seguro que si tenía hermanos estarían rotos o trastornados. Este bebé es mío, dije yo y se los mostré. Ellos asintieron, felices; está claro que ellos pensaban que era su nieto. Se llama Joel, dije. La vieja estiró la mano para acariciarlo pero yo lo alejé: no me gusta que los extraños toquen a mi hijo, no lo permito. Tampoco me gusta que lo miren mucho, pero no puedo evitarlo. Lo cuido con ajo; puse un diente en su pañal; también le até una cinta roja en el tobillo, contra el mal de ojo; no pude ponerle la cinta en la muñeca: mi marido cree que el mal de ojo es una superstición, una cosa que no existe, imaginación; y si hubiera visto la pulsera roja, me habría peleado. Siempre está peleándome, pero me ama. El caballero nos pidió que nos sentáramos: unas butacas cómodas, como las del teatro. No sé por qué digo del teatro: yo nunca voy al teatro, no me gusta, me aburro. Le exigí al caballero que eligiera un sitio para la cita que fuera confortable, mucho, porque tengo que darle el pecho a mi bebé y sé que no lo hago bien y, si estoy incómoda, me pongo nerviosa y el bebé absorbe todo, porque cuando son pequeñitos son como esponjas y absorben todo lo que le pasa a la madre. Por eso traté de no alterarme cuando supe de esta entrevista. No quiero que mi bebé se dé cuenta del lío de locos en que estoy metida. Mis padres me abandonaron en la puerta de una iglesia, expliqué. No, no, no, gimieron los viejitos. Parecían dos pajaritos encorvados, remendados, polvorientos. Eso no parece muy cierto, acotó el caballero. Fue así, aseveré. Después de todo la única que sabe que no fue cierto soy yo. No me gusta ventilarle mi vida a cualquiera, delante de cualquiera. Ellos son tus padres, Edit, insistió el caballero y el viejo interrumpió: Ofelita. Ofelia es su nombre. Pronunció estas palabras cargado de acento francés, porque habían pasado mucho tiempo huyendo, viviendo en el extranjero, en un pueblo de Francia, creo. También eso, suspiré. Mire, señor... Monsalvo, dijo él; ...señor Monsalvo, mi nombre es Edit Pedemonte y los padres que abandonan a sus hijos no tienen perdón. La vieja se dobló en dos con un aullido. El viejo lloriqueó: Nosotros no te abandonamos, no te abandonamos, Ofelita... Te robaron, te quitaron de nuestras manos. Eso se dice muy fácilmente, contesté. Fue horrible lo que les contesté, me salió así, no pude evitarlo. Mi marido me aconsejó que tomara un tranquilizante antes de ir, porque esa situación era de mucha tensión; pero yo no puedo tomar tranquilizantes, yo tengo que darle el pecho a mi bebé. La vieja se paró y caminó encogida hasta una ventana. A lo mejor se tira, pensé. A lo mejor le da vértigo la altura y se cae. Pero estábamos en un segundo piso nada más, no era muy alto. Edit, empezó el caballero, y a esa altura de la conversación el que alguien me llamara Edit me alegraba y me producía consuelo, hemos hablado de esto anteriormente y accediste a la entrevista. Sí, le dije. No venimos a discutir, dijo usando su tono de diplómatico o de médico de cancerosos, un tono dulce, que tanto me gustaba, venimos a corroborar datos. El pasado y el presente. Mi presente es Joel, dije. Eso era verdad. El viejo lloró: Ofelia, por favor... Le ruego, señor, que no me llame Ofelia, dije. Tu nombre es Ofelia. No. Mi nombre es Edit. Yo no soy su Ofelia, yo no soy la Ofelia de nadie. ¡Ofelia!, gritó: Ofelia, sí. Se apoderaron de tu nombre y por eso te controlan. ¡Te tienen en sus garras, hija! El caballero lo calmó: Señor Monsalvo, le suplico, dijo, vaya por favor a atender a su esposa. Lo dijo urgido, como si la vieja hubiera estado ya caminando por la cornisa. Se notaba que esa mujer tenía agilidad en los músculos, uno no sabía cuánto, pero era ágil. De hecho, no eran viejos, parecían muy viejos pero tenían alrededor de sesenta años, me lo había explicado el caballero en una de las entrevistas. Ella tenía el pelo blanco, níveo, tal vez si se lo hubiera teñido aparentaría menos edad. Yo, apenas me crezca, voy a teñírmelo. Un mes lo voy a usar rojo, que ahora está de moda, y al mes siguiente rubio, y al otro color tabaco. Negro no, porque el negro después es muy difícil de quitar y una vez me contaron de una señora que se teñía de negro y la tinta le pasó adentro del cuero cabelludo, hasta el cerebro. Me voy a teñir mucho porque cuando uno tiene pelo tiene que aprovecharlo: es algo que aprendí con la experiencia de la calvicie. El bebé empezó a llorar como lo hace siempre cuando está aburrido o con el pañal sucio, o con sueño: llora pero no le salen las lágrimas, es un llanto de advertencia; cuando llora con lágrimas se me parte el corazón de verlas y hago lo que sea para calmarlo, cualquier cosa. Me levanté y caminé unos pasos, acunándolo, a ver si se dormía otra vez. Se quedó mirando la sombra que hacía una planta cuyas hojas se movían. Yo digo que miraba la sombra, pero tal vez no veía nada porque era muy chiquito; según el pediatra los bebés recién tienen una vista como la de los adultos a los ocho meses de edad, esto dijo, pero después también dijo que en realidad nadie lo sabe, porque nadie está adentro de la cabeza de un bebé. Es un pediatra muy inteligente. El caballero se levantó y vino a mi lado, me preguntó si necesitaba algo. Me pidió que no maltratara a los viejitos; que me pusiera en su lugar, ahora que yo tenía un hijo podía ponerme en su lugar y ver lo desesperados que estaban. Pero no; a mí no me iba bien poniéndome en el lugar del otro. En esa época apenas si podía con permanecer en mi propio lugar; me parecía a cada rato que estaba al borde de la hecatombe. Una hecatombe es cuando se hace un sacrificio a los dioses y mueren muchas personas o muchas vacas: busqué la palabra en el diccionario. El caballero me preguntó en voz muy baja por qué no había ido la señora Pedemonte, yo le había comunicado que tal vez fuera a la entrevista la señora Pedemonte y la señora Pedemonte no estaba, ¿por qué?, ¿es que yo le había mentido? La señora Pedemonte es mi madre. Ahora vendrían las preguntas sobre ella. No, dije, está con jaqueca. No quise dar más explicaciones, no es justo que uno comente las dolencias ajenas. Edit, dijo el caballero, Edit, habías dicho que la señora Pedemonte vendría. Sí, pero a último momento no pudo. Hace dos años se metió en la cama y no volvió a levantarse; no veo cómo iba a venir a la entrevista cuando dice que no saldrá de la cama hasta el día de su muerte. Su madre, la que vendría a ser mi abuela, murió igual: se metió un día en la cama y no se levantó más. Yo no me voy a morir así; no me voy a entregar a ninguna fuerza del destino; además, no está en mí ese tipo de muerte. Habías dicho..., insistió el caballero, faltaste a tu palabra. Lo negué. Niego todo porque a veces es la única manera de salir adelante, de que el otro se calle un poco y me deje con mi silencio tembloroso. Necesito del silencio, aunque esté temblando. No quería que habláramos de ella y que justo fueran a volver los viejitos. Desde que era chica me parecía raro que ella me hubiera parido a los cuarenta y seis años, pero ella decía que fue un milagro de Dios. Estuvo con la teoría del milagro de Dios hasta que murió mi padre, en paz descanse. Después fue más esquiva. No quería que habláramos de mi nacimiento, había en él algo vergonzoso, parecía, ella posaba de adúltera. El adulterio a mí me dejaba totalmente fría, no me importaba: mi padre tenía muy mal carácter, bien se merecía que le hubieran puesto los cuernos. Bueno, bueno, suspiraba y le preguntaba, hay algo vergonzoso, sí, ¿pero yo estuve en tu panza o no estuve en tu panza?

Entonces se metió en la cama; pregunté a mis tíos y nadie quiso contestarme; cuando los parientes de uno no responden sobre el propio nacimiento es porque no son parientes de uno; mi tía Olinda, la hermana de mi madre, pareció arriesgarse y acusó a mi padre: que él nunca había querido a mi madre sino que se casó con ella porque era de buena familia y linda y sumisa, y en la Armada es importante tener una familia tipo que parezca la familia ideal, que mi padre jamás quiso aceptar que él no podía tener hijos por un problema con los espermatozoides o con lo que fuera, que estaba resentido contra mi madre porque ella había decidido aceptarme, que él era feroz. Mi tía Olinda vive como fuera de este mundo: ¿qué podía importarme a mí el resentimiento de mi padre? Mi tía Olinda es otra que acabará metiéndose en la cama un día para no levantarse jamás; son así, ellas lo llevan en la sangre. Por eso yo me inventé lo del abandono en la puerta de la iglesia; porque era más romántico, y porque uno tiene que contar algo sobre su pasado que lo complazca, si no, todo es demasiado penoso, la realidad es muy dura de soportar. Pero mi marido no me creyó nunca; decía que era un invento mío, una fantasía propia de mentirosos. La viejita vino arrastrando los zapatos y el viejito le andaba detrás, le hablaba bajo, y ella hacía "sí" con el mentón, parecía un pajarito de los acantilados, estropeado. Querida, dijo, yo sé cuánto debe sufrir usted. No puedo pedirle en su situación que imagine lo que es que a una madre le roben su bebé; es muy horrible aun para la imaginación. Querría, querríamos mi marido y yo, que usted accediera a practicarse las pruebas de genética...

Tal vez usted tiene derecho a no querer saber ninguna cosa sobre su pasado; usted ya es una mujer adulta, sabe lo que hace. Pero como dijo antes, su presente, el suyo, es su bebé; el nuestro, querida, era usted. No tenemos otros hijos. Usted era nuestro futuro también, piense en eso; ya que el futuro no existe más, permítanos aunque sea formar parte de nuestro pasado. No nos deje en el equívoco, en el pantano de las hipótesis en las que uno cavila durante el insomnio... Todo el día, todos los días, desde que supe su nombre no hice sino preguntarme: ¿será ella? ¿Será nuestra Ofelia? Acceda a realizarse los análisis; después, si puede, continúe usted adelante con su vida. Entonces llegó justo la hora de darle el pecho al bebé; no lloraba, pero ya era la hora, yo llevo el cálculo del paso del tiempo en mi cabeza. Me ajusté el pañuelo de seda amarilla bien sobre el cráneo, no fuera a corrérseme mientras atendía a Joel y se me vieran los blancos de pelo. Dicen que no hay que despertar a un bebé cuando duerme para darle de comer, porque ellos cuando están dormidos crecen. Pero no se puede crecer eternamente si están siempre dormidos, por eso lo despierto y le doy el pecho. Fue lo que hice; los tres me miraron con amargura; tal vez conocían pedagogías o métodos de crianza distintos; a mí eso no me importa: el bebé es mío y de nadie más y yo lo crío como me parece mejor. Me dirigí al baño, porque yo no le doy el pecho a mi hijo delante de cualquiera: el amamantamiento es un acto muy íntimo. Cuando entré trabé la puerta con mi bolso y un tacho de basura; no quería que la viejita me siguiera y entrara también. En realidad no me gusta que me vean con mi bebé, cómo se mueve cuando está conmigo, cómo agita sus manitos o sonríe, en definitiva, que vean el lazo que nos une. A veces pienso que si pudiera desear algo todavía, desearía que él volviera a la panza; desearía que Dios nos hubiera hecho diferentes y que los bebés humanos pudieran estar dentro la panza de la madre mucho tiempo, mucho, hasta que nacieran grandes, ya adultos.

En *Ésta no es mi noche*, Buenos Aires, Alfaguara, 2005

Estudio de *Relatos invisibles*

Por Ariel Bermani

[Biografía de los autores]

Daína Chaviano

Nació en La Habana, en 1957. Reside en Miami. En Cuba publicó varios libros de ciencia ficción y fantasía, convirtiéndose en la autora más vendida de estos géneros en la historia de su país. Su obra se mueve con igual soltura en la llamada literatura tradicional que en los géneros fantásticos. Su libro *Los mundos que amo* (Alfaguara, 2004) recibió el Premio David de Ciencia Ficción para autores inéditos, en Cuba, cuando la autora cursaba estudios universitarios. Los cuentos que componen ese libro fueron escritos por Chaviano entre los quince y los diecinueve años; el libro fue adaptado a la radio, inspiró un cortometraje y tuvo una versión fotonovelada que vendió doscientos mil ejemplares en menos de dos meses.

Sus obras más recientes son: *El hombre, la hembra y el hambre* (Premio Azorín de Novela 1998); *Casa de juegos* (1999); *Gata encerrada* (2001); *País de dragones* (2001); y *Fábulas de una abuela extraterrestre* (2003).

Pablo De Santis

Nació en Buenos Aires, en 1963. Es licenciado en Letras graduado en la Universidad de Buenos Aires. Fue jefe de redacción de la revista *Fierro* y coordinó la colección *Enedé. Narrativa dibujada* (Ediciones Colihue), dedicada a los clásicos de la historieta. Trabajó durante muchos años como periodista y escribió para televisión la miniserie *Bajamar* y los textos de los programas que realizó Fabián Polosecki: "El otro lado" (1993-1994) y "El visitante" (1995). Fue jurado de varios concursos literarios. Actualmente dirige las colecciones para lectores adolescentes *La movida* y *Obsesiones*, y como periodista colabora en los diarios *Clarín* y *La Nación*. Sus novelas fueron traducidas a varios idiomas.

Publicó, entre otros libros: *El palacio de la noche* (1987); *Filosofía y Letras* (1998); *Desde el ojo del pez* (1991); *La traducción* (finalista del Premio Planeta 1997); *El teatro de la memoria* (2000) y *La sexta lámpara* (2005). En Alfaguara Juvenil publicó: *Las plantas carnívoras* (1995) y *El inventor de juegos* (2003).

Carlos María Domínguez

Nació en Buenos Aires, en 1955. Reside en Montevideo desde 1989. Ejerció el periodismo en publicaciones de América latina. Fue secretario de redacción y luego director periodístico de la revista *Crisis*. Actualmente se desempeña como encargado de las páginas literarias del semanario *Búsqueda*.

Es autor de las novelas *Pozo de Vargas* (1985); *Bicicletas negras* (1991), y *La mujer hablada* (finalista del Premio Planeta 1994 y Premio Bartolomé Hidalgo, otorgado por la crítica literaria uruguaya,1995). Ha escrito las biografías *Construcción de la noche. La vida de Juan Carlos Onetti* (1995), en colaboración con María Gilio, y *El bastardo. La vida de Roberto de las Carreras y su madre Clara* (1997). Escribió, además, el folletín *Bodas de Furia*, publicado por entregas en el semanario *Búsqueda* (1997); y la obra teatral *La incapaz* (1998). En Alfaguara publicó: *Tres muescas en mi carabina* (2003) y los relatos de *La casa de papel* (2004), que han sido traducidos a varios idiomas

Luis López Aliaga

Nació en Santiago de Chile, en 1966. Realizó estudios de Literatura, Filosofía y Sociología en la Universidad de Chile. Fue becario de la Fundación Pablo Neruda. Formó parte del taller literario de Antonio Skármeta. Ha participado en varias antologías y ha recibido diversas distinciones como el Premio del Consejo Nacional del Libro y la Lectura y el Premio Municipal de Literatura. La irreverencia y la ironía marcan los relatos de López Aliaga. Sus personajes son seres anónimos que viven la frustración y la derrota como un estigma.

Entre sus publicaciones se encuentran: *Cuestión de astronomía* (1996); *Fiesta de disfraces* (1997); *El bolero de Nadja* (1990), y *El verano del ángel* (2001).

Julio Paredes

Nació en Bogotá, en 1957. Cuando estaba a punto de graduarse como Ingeniero Mecánico en la Universidad de Los Andes, cambió las Ciencias Exactas por la carrera de Filosofía y Letras en la misma universidad. Luego viajó a España en un barco de la flota Mercante Grancolombiana. Se inscribió en un posgrado de Literatura Medieval en la Universidad Complutense de Madrid, pasando cuatro años entre la escritura de cuentos y la lectura de bestiarios medievales. Regresó a Colombia para trabajar como editor de libros de referencia, y en 1992 y 1994 recibió becas del Instituto Colombiano de Cultura para la creación individual. Actualmente está dedicado a tiempo completo a la literatura, como escritor y traductor.

Ha publicado dos libros de cuentos: *Salón Júpiter y otros cuentos* (1994) y *Guía para extraviados* (1997).

Edmundo Paz Soldán

Nació en Cochabamba, en 1967. Reside en Nueva York. Narrador, profesor universitario, licenciado en Ciencias Políticas y master en Literatura Latinoamericana y Española. Sus cuentos y novelas han merecido premios nacionales y extranjeros. En 1996 formó parte de la antología *McOndo* y en 1999 fue incluido en otra importante compilación de autores jóvenes latinoamericanos, *Líneas aéreas*.

Obras principales: *Las máscaras de la nada* (1990); *Días de papel* (Premio Nacional de Novela Erich Guttentag, 1991); *Desapariciones* (1994); *Alrededor de la torre* (1997); *Dochera y otros cuentos* (1998; el cuento "Dochera" resultó en 1997 uno de los cinco ganadores del Concurso de Cuentos Juan Rulfo que organiza en París Radio Francia Internacional); *Río fugitivo* (1998; seleccionada como finalista del Premio Rómulo Gallegos); *Amores imperfectos* (1998); y *Simulacros* (1999).

Carmen Posadas

Nació en Montevideo, en 1953. De nacionalidad española, se instaló con su familia en Madrid a los doce años. También pasó temporadas en Inglaterra, donde fue al colegio, y en Rusia. Presentó en 1988 el programa de Televisión Española *Entre líneas*. Ha desfilado como modelo para la diseñadora Lucía Bosé. Comenzó su carrera literaria escribiendo literatura infantil y juvenil. Escribió guiones de cine y televisión y dos novelas con seudónimo.

Publicó, entre otros libros: *¿Quién te ha visto y quién te ve?* (1991), y *Pequeñas infamias* (Premio Planeta de España, 1996). En Alfaguara publicó: *Cinco moscas azules* (1996) y *Nada es lo que parece* (1997).

Manuel Rivas

Nació en La Coruña, en 1957. Reside en Galicia. Sus libros están escritos en lengua gallega. En 1994 recibió el Premio Crítica de las Letras Gallegas por su novela *En salvaje compañía*. En 1996, por su libro de relatos *¿Qué me quieres, amor?* le fue otorgado el Premio Nacional de Narrativa. *El lápiz del carpintero* (Alfaguara,1998) recibió el Premio de la Crítica Española y el Premio Arcebispo Xoán de San Clemente. *Un millón de vacas* (Alfaguara, 1990) obtuvo el Premio de la Crítica Española.

Ha publicado, entre otros, los siguientes títulos: *Libro del antruejo* (1980); *Baladas en las playas del oeste* (1985); *Mogania* (1986); *Ningún cisne* (1988). En Alfaguara publicó, además de los libros ya mencionados: *Los comedores de patatas* (1992) y *Ela, maldita alma* (1999).

Mauricio-José Schwarz

Nació en México DF, en 1955. Comenzó a publicar poesías en 1973 y después cuentos, que a la fecha suman más de un centenar, en revistas y diarios de México, Francia, España, Argentina y Venezuela. Ganó los premios: Puebla de Ciencia Ficción, en 1984, Plural de Cuento, en 1990, el Premio Nacional de Periodismo que otorga el Club de Periodistas de México y el Internacional de Relatos Policiacos "Semana Negra" de 1997.

Sus relatos, originalmente escritos en inglés, han aparecido en *Ellery Queen Mystery Magazine*, *Fiction International*, *The Literary Review* y *The Alabama Fiction Review*. Ganó el primer Concurso Nacional Puebla de Cuento de Ciencia Ficción con "La pequeña guerra", al igual que el Premio Plural, con "Leyenda a las puertas de una sala del Museo de Arte Moderno", publicado en la revista *Axxón*.

Ha escrito, entre otros libros: *Sin partitura* (1990), *Todos somos Superbarrio* (1994), *Crónica del desconcierto* (1994), *La música de los perros* (1996) y *No consta en archivos* (1999).

Patricia Suárez

Nació en Rosario, en 1969. Reside en Buenos Aires. Obtuvo en el 2000 el Primer Premio en el ciclo de Teatro Leído de Argentores y, en el 2001, el Premio del Instituto Nacional de Teatro. En el 2003 ganó el Premio Clarín de Novela por *Perdida en el momento* (Alfaguara, 2003). Desde 1997 coordina talleres de narrativa, literatura infantil y dramaturgia, en instituciones educativas y centros culturales. Ha escrito las obras de teatro *Valhala* (Premio Argentores 2000) y la trilogía *Las polacas*, compuesta por *Historias tártaras*, *Casamentera* (Premio Fondo Nacional de las Artes 2001) y *La Varsovia* (Premio Instituto Nacional de Teatro 2001), estrenadas en 2002 en Buenos Aires. En coautoría escribió con Leonel Giacometto *Besaré tus pies* y *Puerta de Hierro* (Premio Argentores de Teatro Leído 2003).

Ha publicado novelas, libros de cuentos, un poemario y libros para niños. Sus obras más importantes son: *Aparte del Principio de la Realidad* (1998); *Rata Paseandera* (1998); *Historia de Pollito Belleza* (1999); *Completamente solo* (2000); *Fluido Manchester* (2000); *La flor incandescente* (2002); y en Alfaguara, *Ésta no es mi noche* (2005).

[Análisis de la obra]

1.

Una antología de cuentos es, entre muchas otras cosas, un mapa de lecturas. Cuando el lector revisa el índice, cuando hojea los cuentos e intenta relacionar el apellido de los autores con una tradición literaria nacional, o al menos generacional, la literatura se abre, se ensancha, los textos incluidos en ese libro dialogan entre sí. El mapa se vuelve raíz, árbol, en las ramas se ven las hojas y pronto estamos perdidos en un bosque donde los caminos no son visibles y hay que dejar ese libro para encontrarse con otros libros, porque cualquier selección de cuentos –y esto es inevitable– sugiere al lector un trabajo de arqueólogo, invita a recorrer bibliotecas y librerías en busca de obras, autores, genealogías, parentescos, poéticas enfrentadas, biografías, olvidos, modas, tensiones y, sobre todo, la invitación, el desafío, abre de par en par las puertas de la literatura, enciende el placer de leer.

2.

Los cuentos reunidos en esta antología fueron escritos por autores nacidos, en países de lengua española, entre 1953 y 1969. Autores que comenzaron a publicar sus libros a partir de la década del ochenta, cuando ya las dictaduras que reestructuraron la economía, la cultura y la política de los países en los que ellos nacieron habían sido derrocadas –o estaban en proceso de ser derrocadas–. Pero estos escritores pasaron los períodos de escolaridad durante los regímenes militares, se formaron en épocas de censura, exilios y poca circulación de libros. De alguna manera, el profundo achicamiento de los aparatos culturales trabó la renovación de las camadas de escritores. En España, por ejemplo, fueron casi cuarenta años de franquismo; en Chile, Pinochet permaneció en el poder durante veintisiete años; en la Argentina hubo siete años de gobiernos militares. Se hizo más lento el surgimiento de nuevos autores. Y, en consecuencia, en el panorama actual de la literatura hispanoamericana conviven varias generaciones de "nuevos" autores, o de autores "jóvenes".

3.

Los textos que componen esta antología abordan los géneros y la tradición literaria hispanoamericana con libertad, sin atarse a fórmulas o esquemas ya probados. Dialogan con autores de las generaciones anteriores, pero desde una perspectiva personal, cada uno desde su propia poética. De Santis y Paredes, trabajando sobre el género fantástico; Chaviano y Suárez, produciendo grietas y torciones en el género realista; Schwarz, Posadas y Paz Soldán, generando vínculos literarios –con Borges, con Rulfo, con Vargas Llosa–; Rivas y Domínguez, revisitando la historia y las experiencias de la infancia; López Aliaga, apelando al humor, desmontando el mundo con las armas que brinda la ironía.

En "Zona de influencia", de Pablo De Santis, la narración está estructurada sobre la base de un lenguaje impersonal. La historia avanza lentamente, pero poco a poco un segundo relato, no lineal, no realista, va enrareciendo el tono, la voz del personaje que narra, y la extraña enfermedad que aqueja al moribundo cede paso a otro núcleo de interés, a una muchacha de vestido anticuado que acapara la atención, desbarata el registro realista y convierte a la historia en un relato fantástico.

En ese marco también se desarrollan "Elogio de la locura", de Daína Chaviano, "El libro de García", de Mauricio-José Schwarz y "1943", de Julio Paredes. A partir del amor perdido, en el cuento de Chaviano, el pasado y el presente confluyen y resulta difícil saber si el personaje sueña, si recuerda o si ha recuperado aquello que perdió.

Desde el momento en que Everardo entra en la librería, en el cuento de Schwarz, la realidad es puesta en duda y la imagen de un único libro repetido en sucesivas versiones hasta lo inimaginable hace pensar en Borges, en especial en "La biblioteca de Babel", ese cuento donde los libros, ordenados en una biblioteca inabarcable, se diferencian entre sí apenas por una palabra o por una letra.

Alrededor de la misteriosa desaparición de una mujer, en el cuento de Paredes, la memoria ingresa en el terreno de lo imprevisto; no se sabe si es la fantasía de un niño la que convierte a su madre en un animal o es la forma que ha encontrado ese niño para aceptar el abandono.

No es posible leer estos tres cuentos, seguirles los pasos a los protagonistas, sin padecer la tensión, sin que resulte necesario sumergirse en la lectura de un segundo plano, que es apenas visible. La realidad se descentra, y sólo se puede volver a hacer foco acercándose más o dejándose llevar, suspendiendo todas las certezas.

Por otra parte, "El Pelito Ortague", de Luis López Aliaga,

como algunos cuentos del argentino Abelardo Castillo[1] o como en "La foto", ese relato del venezolano Luis Brito García[2], reconstruye el pasado a partir de unas pocas anécdotas comunes que unen a los personajes y los años de juventud compartida vuelven, se recuperan. Pero en el cuento de López Aliaga, a diferencia de lo que ocurre en Castillo o en Brito García, no hay tristeza, no hay nostalgia, no hay culpa. El pasado vuelve pero los que recuerdan no cambiaron, siguen burlándose del más débil como si todavía fueran adolescentes. La crueldad no cede paso a la contemplación melancólica, el paso del tiempo no trajo piedad.

En "Los viejitos", de Patricia Suárez, hay una mención política sesgada: la posibilidad de que la narradora haya sido robada a sus padres –tal vez en cautiverio– y haya sido criada por otras personas –tal vez una familia de represores–. Esa relación con la historia reciente de la Argentina se manifiesta en forma lateral. Lo que aparece en primer plano es el monólogo de una mujer aniñada que vive obsesionada con su maternidad. Es fácil imaginar la alusión a los gobiernos militares que padeció la Argentina en los últimos años, pero esa información se ubica en los márgenes del relato, funciona como la teoría del iceberg con la que Hemingway elaboró la mayoría de sus cuentos.

El cuento de Edmundo Paz Soldán, "Dochera", parece una novela condensada. Una de las novelas psicológicas de Simenon o de Juan José Millás, que cabe, apenas, en un

---

1 "La madre de Ernesto", "Corazón" y "Hernán", por ejemplo. Todos incluidos en *Abelardo Castillo, Cuentos completos*, Buenos Aires, Alfaguara, 1997.
2 "La foto", en *Luis Brito García, Rajatabla*, México, Siglo XXI, 1971.

puñado de páginas. El protagonista de la historia, Laredo, realiza un recorrido vital parecido al de Pedro Camacho.[3] Sobre el final de la historia, Paz Soldán nos ahorra el relato de la decadencia de su personaje, pero es fácil imaginar que esa decadencia será inevitable.

El pueblo que crea Carmen Posadas en su "Escaleritas" invita a pensar en los cuentos de Juan Rulfo: incluso uno de los personajes, el más viejo, se llama así, Rulfo. Recupera la tradición literaria latinoamericana del siglo XX, a modo de homenaje –no hay parodia en el texto–; vuelve al relato mítico, pero esta vez situado en un lugar atípico, en uno de los márgenes del Río de la Plata.

"La lengua de las mariposas", de Manuel Rivas y "La confesión de Johnny", de Carlos María Domínguez son los cuentos que han tenido mayor circulación de los diez que componen esta antología. De hecho, "La lengua de las mariposas" tiene una versión cinematográfica.[4] Rivas hace transcurrir la historia en el marco de la guerra civil española. Y Domínguez hace que su personaje interactúe con un tal Johnny, que es nada menos que el actor de la serie *Tarzán*, Johnny Weissmuller. Los dos cuentos hacen pie en hechos históricos o en personas reales y toman ese anclaje como un punto de partida para saltar al libre albedrío de la ficción, que, en estos dos casos, establece acuerdos y disensos con dos hitos trascendentes del siglo XX: la

---

3 Camacho es uno de los personajes centrales de *La tía Julia y el escribidor* –Vargas Llosa, 1977–; es un guionista de radioteatro tan popular y tan excéntrico como Laredo, que comienza, como el personaje de Paz Soldán, a modificar –y a destruir– el mundo de ficciones que él mismo creó.

4 José Luis Cuerda (director), *La lengua de las mariposas*, España, 1999. Film protagonizado por Fernando Fernán Gómez.

televisión y la guerra. La mirada infantil –sobrenatural y mágica– termina siendo avasallada por la experiencia de la vida adulta, ambos cuentos narran el ocaso de los héroes.

4.

Muchos de estos autores podrían suscribir con sus obras aquella definición de la literatura que se escribe después del llamado boom latinoamericano que hizo Antonio Skármeta: "No se nos ocurría nunca, por ejemplo", –escribió Skármeta–, "la absolutización de un sistema alegórico donde el grotesco degrada la realidad, como en Donoso, ni la iluminación de la historia en la hipérbole mítica de García Márquez, ni la refundación literaria de América Latina con el 'realismo mágico' de Carpentier. Por el contrario, donde ellos se distancian abarcadores, nosotros nos acercamos a la cotidianidad con la obsesión de un miope".[5]

La literatura que se produce en estos años en Hispanoamérica ha incorporado a los medios masivos de comunicación, en particular a la televisión, y dialoga con ellos sin culpa ni populismo. Dialoga con la historia también –en especial con la historia reciente– pero la conversación que establece es diferente de la que llevaban a cabo los escritores anteriores. La mirada de miope a la que se refería Skármeta observa los hechos cotidianos –sin grandilocuencia, sin epopeya–, las "historias mínimas". El mundo parece inasible, visto desde las obras de las últimas promociones de escritores. Las viejas respuestas sólo generan la necesidad de formular nuevas preguntas.

---

5 Skármeta en 1979, refiriéndose a los narradores de su generación –a generación posterior al boom latinoamericano–, citado por Eduardo Becerra en *Líneas aéreas*, Madrid, Lengua de Trapo, 1999.

[Índice]

Prólogo 5
Por Mempo Giardinelli

Elogio de la locura 9
Daína Chaviano

La zona de influencia 17
Pablo De Santis

La confesión de Johnny 23
Carlos María Domínguez

El Pelito Ortague 35
Luis López Aliaga

1943 43
Julio Paredes

Dochera 53
Edmundo Paz Soldán

Escaleritas 71
Carmen Posadas

La lengua de las mariposas 79
Manuel Rivas

El libro de García 95
Mauricio-José Schwarz

Los viejitos 107
Patricia Suárez

Estudio de *Relatos invisibles* 117
Ariel Bermani

Esta primera edición de
6000 ejemplares
se terminó de imprimir
en el mes de febrero de 2006
en Verlap, Comandante Spurr 654,
Avellaneda, Buenos Aires, República Ar